百年の薔薇

芥川の家の中で

芥川瑠璃子
芥川耿子

春陽堂

『百年の薔薇』　芥川の家の中で　目次

カバーデザイン　山口桃志
カバー写真　　芥川　弘

芥川の家の中で

芥川家と西川家

一九二〇（大正九）年春、芥川龍之介の長男、比呂志が誕生した。私の父である。「芥川の家に赤ちゃんが生まれたから連れていってやろう」と私の母の手をひいて、東京田端にある芥川の家を訪れたのは西川豊、龍之介の姉であるヒサの夫だ。私の父と母は四歳ちがいの従姉弟同士である。

そして、二人は神に導かれたように、やがて結婚をするのである。

――父（注・豊）と芥川を訪れると、八畳の座敷に、叔母文《ふみ》と、白い産衣を着た赤ん坊が横に並んで眠っていた。私が幼稚園へあがる前のことだから、あの赤ん坊は多分比呂志だったのではないだろうか。それとも比呂志と二歳違いの弟の多加志だったのか、記憶は定かではないが、その時出してくれた木鉢の中に、栗の形をしたお菓子が這入っていて喰べたのを、いやにはっきり覚えている。

（『双影』）

比呂志誕生の後、芥川と西川の両家に弟達が生まれ、母は時々連れていかれる親戚の家の子供達と遊び、おとな達とも交流するようになる。

その頃の事も含め、母が生家よりも長く、深く生活を共にした芥川の家の話や周辺の人々の思い出を、三冊の本（『双影』新潮社　一九八四年二月二十五日発行、『影燈籠』人文書院　一九九一年五月十日発行、『青春のかたみ』文芸春秋社　一九九三年十一月二十五日発行）に母自身が書き遺している。


母・瑠璃子は、弁護士の西川豊と、ヒサの長女として東京で生まれた。ヒサは再婚で、母のあとに息子にも恵まれる。

母は虚弱であったらしく、産声をあげるのに時間がかかり、傍にいる人々をはらはらさせたらしい。やっと声が聞こえた時は、皆ほっと胸を撫でおろしたのだという。夏の暑さを過ぎた九月末の事である。

その後も彼女の身体は丈夫とはいえず、殊に胃腸が弱くて、子供の頃は一月《ひとつき》として医師にかからないときはないというほどで、両親に随分心配をかけたらしい。それでも自宅近くの南佐久間町（現在の西新橋）の小学校に弟（章）と一緒に通うようになってからは、弟がいじめられると前面に出ていき、いじめっ子を追い払う強い姉になっていった。

近所の学校に入学したのも、やはり彼女の身体が原因だった。私立小学校の受験で身体検査があったのだが、発熱が原因で行けなくなってしまい、せっかく受かった一次試験が無効になったという訳だ。「昔から気は強いけれど、身体が弱い」と母は身体が弱いのを気にかけていた。

ところが、この近所の学校への通学が幸運につながったのである。

一九二三（大正十二）年、関東大震災があった九月一日、小学生の母は始業式を済ませて自宅に帰り、昼食をとろうという時に、それは起こった。

——突然あの大地震である。烈しい上下動と共に、どーんと下から突き上げてくる感じがあって、それと同時に今度は凄じい横揺れがきた。私の父は片手で横に坐っている私を抱き、片手で倒れかかってくる傍らの桐箪笥を懸命に押えている。仏壇の中で、沢山のお位牌がバタバタ倒れる。中庭の石燈籠が左右ににぶく揺れ、庭の中央にあった水盤の中の水が小波ながら大揺れにゆれて音をたてていた。その時恰度《ちょうど》台所にいた母は菜箸を手にしたまま「下から来たから大きいですよ！」と叫んでいたが、揺れに耐えきれず、縁側の柱に摑って立ちすくんでいた。（中略）

父と私の坐っていた茶の間の頭上には、鉄製のひと抱えもある火鉢が二個、夏場は使わないので、厚い板の棚の上に置かれていたが、よく落ちなかったものと後で皆で話し合った。ちょっとした揺れ加減でそれが頭上に落ちようものなら、父も私も勿論即死していたに違いない。

（『影燈籠』）

もし母が遠くの学校に通っていたら大変だっただろうと思う。何が幸いするかわからない。幼い女の子が恐ろしい体験をした時に家族が傍にいただけでどんなに心強かったか。「お父さんが抱いていてくれた」と父親を思い出す時の母は、いつでも幼女のように見えた。

――母（注・ヒサ）は「これでは東京中焼野原ですよ。食料もなくなる」と女中に命じて近所の食料品店にパンを買いに行って貰ったが、既に売り切れだった。母は昼食用に炊いてあった残り御飯をすべておにぎりに作り、揺れる台所の中で動きまわった。（中略）

私と弟は夕方近くになると、火事のため空が赫く染まるのを「まるで夕焼のようだ」とはじめは面白がっていたが母に叱られ、二人とも手を曳かれて、夕暮どきの芝公園へ避難した。（中略）

芝公園に着くと、人と荷物の山で埋まり、人々の顔も殺気だった異様な雰囲気に包まれていた。やっと空いている場所をみつけて、大八車に積んだ荷物の番を、母と子供達でしていた。父や千代達（注・女中達）は行ったり来たり、残った荷物を少しでも多く運ぼうと南佐久間町の家と公園の間を慌しく往復していた。近くの木の枝に提灯を吊して、仄暗い光のなかで、避難してきた見知らぬ者同士が、不安をかくせない表情で話し合った。私と弟はとても咽喉が渇き、手近にある水飲場の水を飲んだ。

芝公園にあった病院から、患者を背負った看護婦さんの白衣姿が増えはじめる頃、パチパチと近くで樹が燃えてはじける音がしはじめ、誰かが「生木が燃えるようじゃここも駄目だ！」と言い出すと、その言葉につられたように、人びとは我先きに移動しはじめる。「高輪のN家へ行こう」父の命令で私達は高輪にある親戚の家へ向って歩きはじめた。眠くてたまらなかった。既に夜も更けていた頃だと思う。私と弟は公園の不潔な水を飲んだのが原因か、N家へ着いた翌日から疫痢症状になり、近所の医師の診察をうけ、N家で何日だか寝かされていた。

（『影燈籠』）

震災で母瑠璃子の実家は焼失した。そこで西川家の郷里である滋賀県に行った後、一時期家族で芥川の家に厄介になったらしい。母の著書『影燈籠』によると、母の家族の他に、龍之介の実家の新原家の人々（龍之介は芥川家の養子）や小島政二郎ご夫妻もしばらく同居するといった混乱状態の日々であり、それは当時どこの家でも同じようだったに違いない。

母から聞いた天災の恐怖は、実際に遭遇した人でなければわからないとはいえ、想像するだけで胸がいっぱいになる。

南佐久間町に仮住居ができると、瑠璃子達一家四人は芥川の家を出て、やがて焼失した家の跡地に新居を建てて住むことになる。

新築の家は洋館で、ピンクのお風呂があったそうだ。母はそこに水を溜めて友達と遊んだのが余程楽しかったらしく、よく話を聞かせてくれた。そして、ついでに派手好みの父親についても教えてくれるのだった。

たとえば、母へのお土産といってコートを買ってくると、襟にふさふさの毛皮がついている。嬉しくて母親に見せると、「こんな派手なのを」と嫌な顔をしたとか、趣味で鳥を撃ちに行くと、やっぱり母親が「お父さんは生き物にあんな事をして、よくないわ」とぶつぶつ言っていたとかで、両親のやりとりを面白おかしく話していた。

当時の洋館といい、毛皮の襟つきコートといい、鳥撃ちの趣味といい、確かに派手好みであったらしいが、母の父親は子供が大好きで、自分の子供だけではなく、子供の友達まで連れて遊びに出かけたらしい。また遠足に行く母のために早起きをして、鉢巻きをすると台所に立ち、美味しいお弁当を作ってくれたという。

子供時代の母は両親と弟に囲まれ、恵まれた環境の中で幸福に暮していた。

——元旦になると玄関の上り口に、式台の後ろに金屛風が立てられ、上り口の手前に白木のお三方が置かれる。玄関のわきには大きな門松が一対、出入りの植木屋の親方が持ってきてくれたものだ。軒の輪飾りで海老が赤くなって威張っているのも何となくおかしい。「おめでとうございます」威勢のいい年始まわりの鳶の頭や男衆がやってくる。出入りの商店の旦那もなぜか機嫌がいい。暫くすると三方のなかは名刺や手拭いの包みが積み重なってゆく。

母は応対や心付けを渡すのにとても忙しそうだった。私や弟はそんなことにはあまり関心がなく、専ら年に一度の家族全員が参加する羽根つきやカルタ取り、福笑いや家族合せの遊びの方に関心があった。髪を桃割れに結って、晴れ着をつけた女中達も普段とちがってとてもきれいだ。いつもよりはしゃいでいる。羽根つきをして顔に墨を塗られて、それがおかしいと、真赤になって笑っている。父も母も羽根つきに参加して大さわぎしている。私と弟は叱られると怖い父と母が、子供のようにはしゃいでいるのがおかしくてたまらない。両親のいつもと違うすがたに、変に昂奮して大喜びだ。人一倍子煩悩だった父は、春は一家でピクニックに行き、一緒に鬼ごっこしてくれたり、春の汐干狩り、夏の稲毛海岸の海水浴など子供と結構つき合ってくれていた。お正月もカルタ取りや福笑い、家族合せなどの遊びに参加してくれる。

（『影燈籠』）

大正時代のお正月、母の家のお正月、母と家族の様子などが、彼女から伝え聞いた出来事と重なって手にとるようにわかる。ともすると私が一緒にいたような錯覚をおこす。

震災時には、書生や手伝いの女性達の他に、母の叔父や叔母などがいたというし、その後も使用人が数人いるという賑やかな家で彼女は育った。

芥川の家も同様に、龍之介の養父母と叔母の他、妻の文と三人の息子、手伝いの人も含めると十数人はいた。当時はあたりまえのように親類縁者が集まり、出たり入ったりして暮していたというから、現代人には一寸想像がつかないかもしれない。

大人数の親戚同士の父と母であるから、人々の関係もややこしく、誰は誰の誰で、誰と誰がこうで…と、父や母から聞いても、なかなか頭にはいらないで困った。しかも私は田端の家を知らないし、実際に知っている人や事柄も少いのだ。

それでも血のせいなのか、父と母、その周辺の人達が愛おしく懐しい。

殊に私の父方の祖母は私と一緒に暮していた事もあり、共に過ごす時間が長かったので、母方の祖母よりも馴染みが深い。それは母も同じらしく、実の母親よりも、父の母であり母にとって叔母でもある姑の方が、長く暮しただけ親密であったように思う。

一九二七（昭和二）年私の二人の祖母、そして父と母は衝撃的な体験をする。それによって各々の人生は一変したのだった。

母の父親（豊）と、父の父親（龍之介）が、同年の一月と七月に自死するという言いようのない辛い事が祖母達に、私の両親の身の上に降りかかったのである。母は十二才、父はまだ八歳だった。

――南佐久間町の家が四日目火事になった。といってもボヤ程度だったが、お正月早々のことでもあり、近所中大騒ぎになった。二階の、帰省していた書生部屋の戸棚が火元だった。大晦日の夜、父と私も手伝ってアルコールで家中の硝子戸を拭いたのだが、その残りの這入った小瓶が燃えた書生部屋の戸棚にしまってあって、焼け跡から出た小瓶のため父に嫌疑がかかり、警察の呼び出しをうけた。結局あとで、漏電とわかったのだが、火災保険の加入もあったためか、悲観した父は自死したのだった。お正月六日目のことである。

平和な家庭も家族も、一家の大きな事件に捲き込まれ、間違った新聞報道―私の名前は鶴子となっていた―はじめて世間の目というものに曝されて、子供心に怯えることを経験した。後年比呂志も事件の動機は違うが、父の死に遭って、親類N家に一時預けられたときのことを話してくれた。「自殺しちゃったんだってよ」という大人同士のひそひそ交す会話が、幼い八歳の彼の耳に這入り、子供心に傷つき生涯わすれられなかったらしい。彼と私はその動機の差違はあるが同じような父親の死を、この昭和二年という年に同時に体験してしまったことになる。勿論子供たちにとって、複雑な事情など何もわかる筈もないが、そのショックは同等のものだったと思う。成長して、いろいろな人の書いたものなどを読み、少しずつ理解はしていったが、そして大人というものの観かたも自分たちなりに察してはいったが、あの時点では、子供にはわからないことが多すぎた。

昭和二年七月二十四日、あのやさしい目をした叔父龍之介も自死してしまった。創作上の行きづまり、神経衰弱、ぼんやりした不安、女性問題、私たち家族のことも引きあいに出されたが、すべて自殺者の心理状態など、その当時者にすらわからないことが多いのではないだろうか。興味本位に憶測したところで、それは何にもなりはしない。自殺者は、自殺するためだけに、多くの謎をのこして自殺する。あらゆるものから解放されたがっているのだ。遺された家族やその周辺は、多大な迷惑を被るかもしれないが、それは自殺者当人とはまた別の問題になるのだろう。

（『影燈籠』）

私が父母から、それぞれの父親の深い話を聞いた事がないのは、母の文章で納得できる。

私が子供の頃、お正月が来る度に「お正月は大嫌い」と言っていた母、消したくても消せない暗い過去のお正月を思い出すからだった。私が自然に理解するようになってから、母は時々その事に触れたが、父は最後まで何も言わなかった。ただひとつ、母に「自分は決して自殺だけはしない」と言ったらしい。

母は時々、「お父さんの事を警察で色々聞かれた時に、私が余計な話をしたからではないか」と父親の死の原因について、気にしなくてもよい事を気にして自分を責めた。だからその度に私はそんな事は断じてないと強く彼女に告げた。大人に巻き込まれ、傷ついた子供達の動揺、怖れ、不安、不信感。子供たちには何の罪もない。

父と母の身に起った不幸は、その後の二人に影響がない訳はない。

芥川の家では主《あるじ》の死が大きく報道され、小さな子供達を三人抱えた祖母も、残された年寄りたちも、大変な日々を乗り越えていかなければならなかった。

「パパ（比呂志）はお父さん（龍之介）のデスマスクを描いていた」と母が言っていたが、幼い長男は何を思っていたのだろう。傍で見ていた年上の女の子は、その姿を鮮明に覚えていて、半年ほど前に自分の身の上に起きたことなどと重ねあわせていたのかもしれない。

当時の二つの事件は、親類ゆえにあれやこれやと憶測されたというが、祖父龍之介は姉夫妻の重大な出来事にぶつかり、ただでさえ繊細な神経を更に磨り減らさずにはいられなかったのであろう。これについても母は「芥川の家に申し訳ない」と何かにつけて謝るような口調で言っていた。別に彼女自身が悪い訳ではないが、親類として責任を感じていたのであろうか。私の父方の祖母（文）は、主人を亡くした翌年に舅が他界し、当時同居していた十九才の甥のほか男手のない女子供の一家を切り盛りしていた。一方、母方の祖母（ヒサ）も頼っていた夫を失って、子供二人と共に途方にくれるばかりだった。

文は海軍少佐であった父を日露戦争で亡くしている。その後活け花で生計をたてるために出かけていく母親を、弟と二人で見送り、帰ってくるのが待遠しかったらしい。彼女も幼児期に父親を失い、寂しい日々を過ごしていたのだ。祖母の実家、塚本家は鵠沼にあった。

――この鵠沼のお母さん（注・塚本鈴）のことで、文からきいた話がひとつある。龍之介が亡くなったのちの或る日、塚本家（注・文の実家）の菩提寺である谷中の感応寺に呼び出された文は、母に意見されたという。「お前が芥川の家を出るという覚悟があるなら、三人の子供を置いて帰っておいで」と。夫の死、幼い子供、年寄り三人、甥までいて文の苦労は一通りではなかった。何かの折、文は母にその胸中を訴えていたのかも知れない。「私が子供三人手離して実家《さと》に帰れるわけがないでしょ。母が私に言うことは私に帰ってくるなということなのよ」
含みのある会話は、その頃の母娘のあいだにもあったのだろう。何でもあけすけにものを言う時代と違って、墓地で語りあう母と娘の姿が目にうかぶ。

（『影燈籠』）

この話は私も祖母から直接聞いているが、話す時、祖母はいかにも楽しそうに笑っていた。「置いていけるわけがないでしょ。それなのに私ったら」と思い出すように。笑って話が出来るようになるまでには長い時が必要だったであろう。話を聞いた頃の私は、若い未亡人となった祖母の年齢と同じ位になっていたので、もしかしたら私が何かに戸惑った時の祖母の教訓かなと思ったりしたものだ。それにしても祖母の体験は私には計り知れないものがある。

芥川の家で祖母文が懸命になっている頃、西川の祖母も大変な思いをしていた。
西川ヒサは年明けとともに夫を亡くし、半年後に弟龍之介の死まで認めなければならなかったのだ。しかも二人の子供までいる。それに裕福な少女時代を経て、そのまますぐに結婚をしたので、何ひとつ不自由のないまま暮らしていたから、生活その他諸々が一人の手に負えなかったのであろう。困った挙句、ヒサは母たち姉弟を連れて、最初の結婚相手に望まれるままに戻って行く事を選んだ。

母はヒサについて、著書『影燈籠』に次のような長文を書いている。

――私の母ヒサは龍之介の実父新原敏三の次女として生れた。（注・龍之介は後に芥川家の養子となる）娘時代は裕福な生活ぶりだったという。敏三は新宿で宮内省御用達の牛乳業を営み、その事業は発展しお金まわりもよかったがルーズな面もあり、海苔など容れて置く長火鉢の小抽出しを開けると、小銭が沢山はいっていて誰でも持ち出して使える状態だったと母からきいた。

季節ごとの家内行事も欠かさず行われていて、庭で春のお花見、筍の出廻るころには裏の竹藪から掘りたての筍を使用人達が掘ってきて大鍋で調理し、緋毛氈を敷いた庭で酒盛りなどしたという。庭には築山があり、東屋も設《しつら》えてあった。敏三は商売柄、よく牛乳でミルクセーキを作ってくれたが、それが大変おいしかったとか。「あの頃が一番たのしかったわ、龍ちゃんとチャンバラごっこして、あの人頭のハヽチが大きいでしょ、踏み台を被ったら穴から頭が抜けなくなって、大さわぎしたものよ」針仕事などしながら、時々思い出したように昔話をしてくれた。

母が一番いやだったのは、親が呉服屋で沢山着物を拵えてくれて、それを着て好きなところへ出かけておいで……と言われることだったという。「もったいない話じゃないの、行けばいいのに」と言うと、「私は引っ込み思案の娘でねえ、今でこそこんなにお喋りになったけれど、娘時代はあんまり口もきかず、お蔵から引っぱり出した草双紙なんかを一人で読んでいるのが好きだったのよ」と言う。

もと住んでいた本所の七不思議の話も面白かった。「置いてけ堀」や「ばかばやし」、真面目な顔で「皆がいうばかばやしを私も本当にきいたことがあるのよ」というが、私はあまり本気にしなかった。

母は明治二十一年生れで龍之介より四歳年上であったから、私の知らない珍しい話を沢山知っていた。龍之介も妖怪に興味があって、「一ツ目の怪」とか「のっぺらぼう」「お化け蜻蛉」などの絵も記憶にあるが、昔のゆたかなお化けたちの絵や、こうした絵はおもしろくて好きである。「振袖火事」（明暦三年）の話もきかされた。ヒサは墨東地区の大水害のこともよく覚えていて、幼い頃箪笥の上に乗って難を免れた話もしてくれた。

手仕事などしながら、傍に坐っている私を相手に、母は時々昔の自分のことを話す。「娘時代、私にも好きな人がいてねえ……」「うちで牛乳配達しながら苦学していた学生さんだけれど。私が朝縁側に坐っていると、牛乳をいっぱい積んだ車を曳きながら通りかかるの。私の顔もみないで、お早ようございます、というので、私もお早ようございます、唯それだけ。その人はいま学者さんだか偉い人になったそうよ」

「で、なぜ好きだと言わなかったの？　何故Kと結婚したの？　なぜ、私のお父さんと結婚したの？」私の矢つぎ早の質問に母はゆっくり応えた。その頃の娘―母にとって―は女のほうから好意を持つそんな感情を相手に対して先に口にも出せなかったこと、結婚は親の言いなりにするものだったこと、そして、結婚がうまくゆかず離婚してしまったこと。

（中略）

そしてN伯母のすすめで私の父と結婚したことなど、ポツリポツリと話しはじめる。私は母の話を聞いているうち、この母の不幸な結婚の結末をあれこれ思うのだった。「私は断然両方で好きになった人と結婚することに決めたわ、その前にお母さんがかわいそうだから、ものを書く人になってお金をためて、お母さんと一緒に住むの。小さな家のまわりに白い柵があって、薔薇を植えて……」花好きの母には、小さくても庭が必要だったし、私も薔薇の花が好きだったから。少女の私は大真面目にこんなことを考えていたのだ。（『影燈籠』）

ヒサが戻った先は、獣医学校を一番の成績で卒業したというKで、二人の間には、やはり二人の子供があり、母と弟はこの異父兄妹の妹とも一緒に北海道で暮らす事になる。母が十五才の時である。

Ｋの子供達も、離れて暮していた母親が、再婚相手の子供二人を連れてＫ家に戻ってきた時、どのような思いであったろうか。皆が永眠した今、それを聞くことはできない。

私はヒサの晩年を知っているが、のんびりとした小柄な祖母という印象が残っている。七十歳の手前で亡くなったのだが、病床にある時お見舞に行ったのを覚えている。母と姉と一緒だったと思うが、まわりは皆おとなで私だけが子供だったので話に加われず、一人で庭の草花などを摘んでいた。そこで私は思いつき、牛乳瓶に水を入れて草花を挿し、祖母の枕元に飾ってあげたのだ。「ありがとう、耿子ちゃん」、と祖母は嬉しそうに言ってくれた。まだ元気な頃は、私達が行くというと下駄をつっかけて食事のための買い物に出かけて行き、ごちそうなどしてくれた。あたたかく、可愛らしい祖母だった。

最後は長女（母の異父姉）と二人だけで暮らすという質素な生活で、私の母は自身の母親について――二つの不幸な結婚、苦労を重ねたその一生を思うとき、改めて女の一生、母の一生を思わずにはいられない。同時に、私の腑甲斐無さが身にしみる――と思いをよせている。

もしかしたら私の母が創作に目を向けるようになったのは、母親の離婚、結婚、再婚を意識した時からかもしれない。女の生き方についての疑問でいっぱいになったのだろう。

もともと丈夫な身体ではない彼女はスポーツが苦手で、「かけっこはいつもビリ」、「ドッヂボールで大柄の同級生が投げたボールが顔面に当って転倒」、「北海道でのスキー授業で、全然滑れず毎日練習」など、運動とは殆んど無縁だったらしい。そのかわり、作文を書いたり絵を描いたり、劇で舞台に立ったりするのは好きで「先生によくほめられた」と言っていたから、将来について考える時、〃ものを書く人〃になるという漠然とした考えが、環境の変化に伴い日に日に膨らんでいったのではないだろうか。

「蚕」という作文がある。十三才の母が書いたもので、私も見せてもらった。父からは笑われたり馬鹿にされたりしたそうだが、「今でもこの作文と同じ気持なのよ私」と言って、「小さい頃から書く事が好きだったみたい」と大切にしまってあった古い紙を開いて私に手渡すのだった。

「蚕」

私は一匹の蚕である。私はいつも跳ね廻っている。疲れるとのろのろ歩き廻る。私は至ってのんきものだ。家の中には私の食物が一杯ごろごろとある。或る食物は勉強して居り、或る食物は家の中にころがって雑誌ばかり読んでいる。私は「なまけ者」という食物が一番好きだ。なまけ者は、いつまでもじっとして居てくれるから私には好都合だ。そこへゆくと「働き者」という食物は都合が悪い。いつもいつも動きまわり働いてばかりいるから。

夜は私の天下だ。私は蚊帳の間をくぐってはいって行こうとすると、プーンとにおう蚤取粉の香。私は倒れるほど驚いてピョンピョン逃げ出した。私は夜中蚊帳のまわりをぐるぐる廻っていたが、食物にはありつけなかった。私はひょろひょろと歩き出した。歩きながら考えた。人間はどうしてあんなに勝手なんだろうと。自分自身で部屋でもなんでも不潔にして、そこから私達が生れると、蚤取粉で私達に食物を与えまいとする。私はこんな世の中に生れたくはなかった。

人間が不潔にする。私が生れる。蚤取粉で防ぐ。蚤取粉を買うにはお金がいる。人間はお金のために、あくせくと働いている。ほんとうに人間は馬鹿だ。

私はブツブツいいながら、空ききったお腹をかかえて、戸棚のすみにうずくまった。


「ほんとうね」蚤はともかく、動物達が人間の勝手で増やされ、減らされ、人間の勝手で自然を破壊した揚句、殺され、追いやられるのを日頃から不満に思っていた私は頷く。そして、シュバイツァーを尊敬し、憧れていた私の子供時代を思い出すのだった。

それにしても蚤だの蚤取粉だの蚊帳だのと時代離れしている。とはいえ、幼少期の私は、畳の下に殺虫剤のＤＤＴを撒いたり、夏には蚊帳を吊って寝るという生活をしていたのである。

栄養補給に学校で配給される肝油を、生徒達が暗い廊下に列をつくり貰いにいくという事もあった。そのかわり、まわりには畑や川や広場や土手が沢山あって、遊ぶところに困らなかった。自然は大きく広がり、いきものは自由にあちこちで生きていた。私達子供と一緒に。豊かとは何なのであろうか。

母瑠璃子は彼女の母親が一度目の結婚相手と復縁する前に、親子三人で母方の叔父の家に世話になっている。そして、そこから女学校に通学していた。父親の死により、母達姉弟にとっては居住の定まらない、落ち着かない日々であった。後年、母は彼女の父親の死後にとった母ヒサの行動について、「私は随分と嫌な日常を味わされた」と恨み言を言っていた。「なぜ?」「なぜなの?」と母親に問う娘だった母は、ヒサの生き方を嫌い、彼女のようにだけはならないと思っていたという。夫に先立たれた〝かわいそうなお母さん〟を自分の手で救おうとした少女にとって、母親ヒサの再婚、しかも上手くいかずに別れた相手の元に戻るという行為は納得のいくものではなかったのだろう。おまけに義理の兄や姉の存在も、複雑な関りを広げることになり、母は心を痛めたのだ。

しかし彼女は晩年、母親への理解を示し、恨み言への詫びを言い、やがて憐れみと感謝の気持をもつようになった。子供の頃に親から受けた諸々の事柄は、子供の中でさまざまに変化して、辿りつく所を探し求めていく。

子供に許された親も心の荷が少し軽くなるだろう。

もやもやとした思いを抱えながら、母のむかう先は〝書くこと〟しかなかったようだ。「自分の部屋がない狭い所だったから、押入れの中で箱を机がわりにして、そこで書いていたの。唐紙を開けて、毛布をカーテンのようにしてスタンドを引き込んで」母は懐しそうに、楽しそうに、嬉しそうに、そう言った。「私だけの世界だったから」と、狭い小さな空間で彼女は大きな夢をみたのだった。

自由自在に広がる彼女の世界は押入れの天井を突き抜けて、外界の、宇宙の果てまで溢れていく。日常のあれこれは姿を消して、空想と創造はどこまでも続く。

文学少女というのか、読書好きの一少女は学校に通いながら、余暇の楽しみは殆んど書く事しかなかったようだった。その頃、家の手伝いをしたとか、母や弟とどう過ごしたかとかいう話はあまり聞いた事がない。母のなかでは在り来りの結婚というものはどうでもよくて、書きたいという衝動の方が先にたっていたのだ。そして――お母さんがかわいそうだから、ものを書く人になってお金をためて、お母さんと一緒に住むの――という若い娘の可愛らしい決心もあったのだろう。

母方の叔父の家で暮した一、二年間は、彼女にとって心機一転のつもりであったのではないかと思う。

当時、彼女は山脇女学校（今の山脇学園）に通学していたが、そこで上級生のFさんと出会う。とても綺麗な方だったらしく、母は憧れていた。母の古いアルバムに、その頃Fさんから頂いた小さな写真があって、ペンで彼女のサインが入っている。まるで宝塚スターのブロマイドのようで、私が笑うと「こうやって交換しあったのよ」と、もう一枚見せてくれた。Fさんは後に詩誌「無限」の編集をなさる慶光院芙沙子さんである。慶光院さんとは時を経て再会するのだが、詩や文章を書いていた母とは、ずっと上級生のままのおつきあいが続いた。

従姉弟たちとの青春時代

母親の再婚と共に学校も東京から北海道へと転校しなければならなくなった私の母は、慣れない環境で苦労したらしい。

それでも養父は母や弟には目をかけてくれたらしい。異父姉も勉強をみてくれたり、色々な所へ連れていってくれたそうである。

ある時二人で鈴蘭を摘みに行き、夢中になっていると後の方で何やら気配がする。しゃがんだまま振り返ると、二人のまわりを野生の馬が数頭でぐるりと囲んでいた。「とても怖かった」と母は言う。二人は手をとりあって馬を驚かさないように、そっと輪をぬけて急いで家へ帰ったそうである。

二人で揃いの帽子をかぶっている写真もある。養父が二人のために買ってきた帽子だそうだ。養父も異父姉も新しい家族に対してそれなりの気づかいをしていたようである。

しかし、母にとっては、この北海道時代が、とても暗く耐え難い日々であったと聞いている。

彼女が口にする母親への恨み言の元である北海道への転居。生涯寒いのが大嫌いだったのは、北海道での積雪、寒さの記憶が当時の生活に重なり甦るからなのだ。父親と死別した、あのお正月が嫌いなように。

――北海道のK家へ、十五歳で行った私は、それまでの環境とすべてが異なり、近くのK女学校に通いはじめたが、転校先で話の通じる友もなく、専ら少女雑誌などに投稿しはじめて、何人かの誌友と文通しはじめていた。北海道の自然はすばらしくて、家の近くには広々とした草原があり、町をちょっと外れて行けば、山の見える牧草地帯がひろがって気分はせいせいしたし、詩や文章を書くのには、とてもいい環境だった。その頃異父姉Sも東京から私達より先に来ていて、一緒に鈴蘭狩りに行ったこともあった。「令女界」「若草」「蠟人形」などにたびたび詩や短歌など書き送った。もし私に、本を読んだり、自分でなにかを書き表すということがなかったら、自分はどうなっていたかと時々考えることがある。養父のK（その頃職業軍人）は文学は軟弱なものと決めつけ、まして女になまじっかの知識などあっては困る、という態度だったから、夜遅くまで本など読んでいると、部屋まで這入ってきて電燈を消してしまう。私は電燈の笠に黒布をかけて、わからぬように本を読んだ。養父の足音がきこえると、慌てて電燈を消して寝たふりをしたものだ。文学少女の孤独癖は次第に昂じて、少女雑誌から文芸誌、最後は堀辰雄氏主宰「四季」に詩を投稿し掲載され、三好達治氏の選評をいただくようになっていた。

（『影燈籠』）

北海道での生活は、母の創作活動に拍車をかける。精神的に恵まれない環境に置かれた母のもとに、詩や文章のかけらが束になって歩み寄ってきてくれたのだろう。窮屈な日常の中に輝く一瞬の母の時間は、天上から見守るお父さんからの贈り物だったのかもしれない。

母は絵も描いた。少女時代の文集は彼女がペンで描いた表紙がついている。自分をモデルにしたような乙女の姿や、四つ葉のクローバーなどに混じって、いかにも大正時代といったモダンな髪型の女性の傍に猫がいる表紙のものがある。洒落たつもりでローマ字の名前があるのも面白い。

そういえば私も文集の表紙に絵を描いていた。学校で作るものもあったが、自分で好き勝手に書いたものに厚紙の表紙をつけて紐で綴じ、表紙にさまざまな絵を描いては楽しんでいた。母の真似事だったのだと思うが、私も子供の頃に病気で一年間自宅療養していたものだから、自然に家の中で出来る楽しみをみつけたのだろう。今でも手仕事が好きなのは、病気と母の影響があったからだと思っている。

北海道に移り住み絶望の日々の中、母が自分の将来を思い、生きていくと決めたのは朝日に光っている苔を見た時だったと言った。

「この世の中に、あんなに綺麗なものがあるなんて。ただの苔よ、なのに朝露に濡れて、そこにお日様があたってキラキラと」彼女の目もキラキラと輝いていた。

孤独に負けそうになった彼女が苔をみつけてよかった。太陽があってよかった。母の生命を救う美しい自然があって本当によかった。生きると決めた母は、内にこもることなく前進するのだった。「私は私、好きに生きていく」。

転校した北海道の学校に通いながら、母の雑誌投稿がはじまったのだが、聞くところによると、ある少女雑誌に毎月投稿。何度も連続で優秀賞をいただき、その数で最優秀指輪賞というのをいただいたそうである。当時選考委員でいらした丹羽文雄氏に誉めていただき、その時のものだと母が箱から出してきた。それはルビーだという真紅の小さな石だった。私の姉が彫金をやっていた時があり、指輪にして母の指を飾った。賞をいただいてから何十年たっていたのだろう。

その後文芸誌にもよく投稿し、だんだん常連になっていたようである。

しかし詩誌「四季」に投稿するようになった頃から、次第に文章よりも詩の方に傾倒しはじめたらしい。それは、掲載された詩が、選者である三好達治氏に〝すべて感覚がフレッシュで、詩想も新鮮であるのを喜ぶ。恐らくこの月の投稿中、最も出色のように思われる〟という選評をいただいたからかもしれない。「四季」もはじまったばかり、投稿する人数も少かったに相違ないが、母にとって唯一の生きがいに対しての選評は何ものにもかえがたいものがあったと思う。その証拠に、結婚後に出版した詩集『薔薇』に、この時の詩を載せている。この詩については三島由紀夫氏もとりあげてくださっているのだが、母は謙遜、恐縮している。しかし両氏にとりあげていただけたということは光栄で、詩を書き続け、後に詩人として少しでも認めていただけるようになった彼女に、お二人が大きな存在であったことは言うまでもない。

詩誌「四季」と出会った頃、母には又ひとつの転機があった。

北海道にいる彼女のところに、東京にいた異父兄と、従姉弟の比呂志が夏休みを利用してやって来た。その時に比呂志は思いがけず肋膜炎にかかってしまい、入院する羽目になってしまったのである。そこで母が見舞いに行く時に自分の詩が掲載された「四季」を持っていって比呂志に見せた。すると比呂志は暫くこれを借りたいと言い、母が手渡して帰ったのだ。北海道での父と母の再会まで、四年の月日が流れていた。

その後病気が治った比呂志は帰郷したのだが、母が二十歳になった時、あんなにも結婚に対して疑問を抱いていたにもかかわらず、養父Kから言われて彼女は見合い結婚をしてしまう。母は居辛い家を去るための若く浅い不純な動機からと書き、自分の思慮のなさ、勝手さが報いであったと、一年と続かなかった結婚を悔いている。子供はいなかったものの、図らずも母親と同じになった。「なぜ結婚したの？」と自分の母親に聞いた母が、なぜそんな結婚をしたのか理由を聞いても私は未だに理解できない。二十歳そこそこだから仕方がないとばかり言っていられないような気がする。揺れ動く心を整理した結果の決断だとしても何だか情ない。責める気持はないが、同調できるものでもない。「私は断然両方で好きになった人と結婚することに決めたわ」と言った母のままでいたらよかったのにと思う。その末の別れ話ならばまだ納得がいく。一年未満の結婚も、離婚も、比呂志の存在が皆無であったのかどうかは母に聞くのを忘れた。

親の意見、大人の言いなりに事が運ぶ時代なのか、もうひとつ奇妙なのは、北海道から婚家への方角が悪いとかで、方角のよい芥川の家へ一時移るように勧められたというのである。そのために母は一人で上京したのだが、船でのはじめての一人旅は心細かったらしい。けれど反面「あの家から離れられる」という解放感があり、暗い海を眺めながら船上に佇《たたず》んで、行く末を思ったという。一九三六（昭和十一）年の事である。

指示された方角がほんとうに良い方角だったのか、悪い方角だったのか、母は結婚をして、離婚もした。

少女から大人になるまで波瀾万丈、さまざまな出来事をくぐりぬけて、彼女はようやく自立にむけて動き出す。そうはいっても自分一人ではなかなか思うようにはいかず、芥川を通じて菊地寛氏のお心遣いを得て文芸春秋社に記者として通勤する道を選んだ。


——その頃勤めはじめた文藝春秋社は麹町区（現千代田区）大阪ビル内にあり、地下のレインボー・グリルでよく昼食をしたが、作家とか編集者の集まる場所のひとつでもあった。当時の著名な作家が、仕事の簡単な連絡場所として重宝していたこのレインボー・グリルで、同ビル内にあったユニバーサル映画会社の社員、チースコオフという青年や若いイタリア女性のガヴァレッタと友達になった。同年代だから気軽なつきあいで、ガヴァレッタは祖母から譲られたという蛇のペンダントをしていて、蛇の目はダイヤモンド。日本語も流暢だから、話がおもしろく、私は社が退けてから帰宅すると、勝手気儘に〝RAINBOW GRILL〟という短篇をつくりあげたりした。発表するとかしないに拘わらず、ただ、書くことがたのしかったのかも知れない。

原稿取りにも行った。関口台町にあった、異国風の洋館、佐藤春夫邸、場所は忘れたが横光利一家、暗い階段をあがると二階が仕事部屋で、恰度《ちょうど》、舞台装置家の吉田謙吉氏も来ていられた。私が「文藝通信」新米記者の頃、永井龍男氏は「オール読物」の編集長をしておられた。内田百閒先生のちょっと下町風の作りのお宅へ伺ったことがあったが、玄関内に小鳥の籠が沢山置いてあって、奥さまの後から着流しで出て来られた先生のおやさしそうな目が忘れられない。ただ原稿をいただいて帰るだけだから、口下手な私はたすかる。愛読者大会が催されたとき、お酒に酔った林芙美子が、景品の大きな縫いぐるみを抱えて、同じエレヴェーターに乗り合せ、しゃがみ込んでしまわれたことがあった。私は『放浪記』の作者に初めて逢ったのだが、詩情あふれる初期の作品を愛読していた。（『影燈籠』）

母はようやく求めていた世界の入口に立て、きっと生き生きと毎日を送っていたのだろう。社内での写真や友人との写真が残されているが、彼女の顔は晴れやかだ。お洒落な彼女は街を颯爽と歩き、働く女性の街頭スナップ写真を撮られたりもした。

母の晩年、このスナップ写真を見て冷やかすと、「いろいろな失敗をしたけれど、みんなに助けられたから」と文学少女の社会勉強を振り返って笑っていた。

でも相変らず気の強かった母は「どこにでも意地悪はいる」と言い、気の合わなかった男性社員の話をもち出すのが常だった。わからない事を聞いても教えてくれない、仕事を横取りして自分の手柄にする、これ見よがしにプイと顔を背けて席をはずす等々、新米嬢ちゃん社員には一つ一つが腹に据えかねる。朝の挨拶も、帰りの会釈もないこの人に、どうしたものか。彼女はある朝みんなのいる所でその人の面前に立ち、「おはようございます」と一言。すると困った彼は思わず「あっ、おはよう」と彼女とはじめて挨拶をした。何もそこまでムキにならなくてもと思うが、いかにも母らしい。間違っているのは断じて許せない。幼かった私の姉がいじめられた時も、理由を聞き終ると、それは間違っている、やられたらやり返しなさい、負けちゃ駄目！と正義感むきだしで立ち向っていくのだ。おとなしい姉などは到底そんな事は出来ない。むしろそんな事はしたくないのに、母の強さに押しきられ嫌々従っていたのだろうと気の毒になる。

短期間ではあったが「文芸春秋」での勤務は母にとって魅力的な場所であっただろうし、人生の通過点として巡りあえたのは幸運だった。

成りゆきのまま、ごく自然に行き着いた場所は、やはり芥川の家との縁によるものである。母がいつも芥川の家に感謝をもって接していたのも、彼女が求めていた道筋を与えてもらったからに他ならない。そして、一時の職業だけのものではなく、後に詩の世界へと深く入りこんでゆける土壌を、従姉弟である比呂志との関わりで得たのだから。

比呂志も学生演劇活動をはじめて、「文芸春秋」に嘱託として通っていた時期がある。短期間のアルバイトだったらしく、佐々木茂索氏のご配慮があったようだ。父も母も、龍之介から恵まれた人間関係を得ることが出来たおかげで現実的困難が軽減されたところが大分あったのではないかと思う。ただ、それ故に心に抱えこむ事柄は、もっと重くのしかかっていたのは確かである。

母は離婚後、田端の芥川の家の二階にある小部屋（書庫代りとして使っていたらしい）から勤めに通っていて、芥川家からは二重にも三重にも恩恵を受けていたのだ。

──龍之介没後の約十年間を私はこの田端の家で過ごしたわけで、比呂志、多加志、也寸志の三兄弟と私、みんなの青春時代でもあった。比呂志は慶應義塾大学仏文科で、「山の樹」（鈴木亨主宰）という詩誌の同人となり、匿名で詩を書き、加藤道夫さんがたと演劇活動にもかかわり始めていた。多加志は東京外国語学校仏語部で、友人たちと「星座」という同人雑誌に、詩や翻訳などを載せていた。也寸志は上野音楽学校（現・東京芸大）で音楽の道を目指し始めていた。

（『青春のかたみ』）

三人の兄弟と母のエピソードがある。

食事時に皆で揃って食卓についた時、母がいつものように「いただきます」と言って箸を取ると、三人の兄弟が揃ってクスクスと笑う。母の仕草がおかしかったのか、「いただきます」の習慣が大人になるにつれて無くなっていったのか、とにかく母が「いただきます」と言うと笑うのだそうだ。陽気に笑うのならまだしも、三人揃って俯きながらクスクスと笑う。彼女らしく「どうして笑うの?」と聞けばいいのに、それも出来ず、何故かわからぬまま「いただきます」と言うのをやめてしまったらしい。その後も理由を聞かずじまいで、何がおかしかったのかわからず、とても嫌だったのだけを覚えているという。男の兄弟の生活の中に、若い女性が一人やってきたので珍しかったのだろうか、それとも父が母の「いただきます」と言う時の癖か何かを弟たちに知らせていて、それがおかしかったのだろうか、従姉弟たちの青春のひとこまである。

田端の家に母が加わり、同世代の三兄弟と四人で、余暇を楽しむように手書きの本作りが始まった。だいたい長男である父が先頭に立って指示をしたのだろう。出来上ると皆で回し読みをする程度のものだったとかである。私も目にした記憶があるが、「ぺりかん」とか「黒」とか黒ペンで書かれたペラペラの原稿用紙を綴じた本に、懐しい父の字をみつけたものだ。

——比呂志はいつも表紙絵を自分で描き、多加志、也寸志、私にも何か書くように注文をつけた。当時は現在のようにテレビもなく（ラジオは普及してはいたが）、娯楽といえば映画くらいのものだったから——時折り、映画には連れだってよく出かけたりしたが——私たちの好きなことは、本を読んだり、絵を描いたり、文章を作ったりするのが、それぞれのたのしみにつながっていた。事実、いとこ同士で寄り合って、暇なとき書いたものが、一冊の本になるのは青春時代のたのしみのひとつだった。比呂志を軸にした「黒」はこうして出来あがった。比呂志十七歳、多加志十五歳、也寸志十二歳、私は二十一歳。昭和十二年の春だった。

　本は兄弟の間を回し読みするだけだが、最後は「瑠璃ちゃんの手許に置いといていいよ」と比呂志に言われ、私が預るわけだが、別にお互いに批評するわけでもなく、一人一人部屋に持ち込んで読んでいた。（中略）

　私は父の没後十三歳ころから、当時の少女雑誌「少女画報」や「少女の友」に詩を投稿していて、最初に投稿した「のぶどう」が掲載され、ペンネームで詩を書いては毎月のように送っていた。当時のペンネームは丘黒絵。何とも少女趣味でいただけないが、当時の少女は大真面目だったのである。その頃ペンネームでものを書くことが流行っていた。比呂志も「山の樹」時代、畔柳《くろやなぎ》茂夫、沖廣一郎、畔川《くろかわ》廣一などのペンネームで詩を発表していた。

（『青春のかたみ』）

未来ある若い従姉弟たちの新鮮な交流の中、芥川の家では年寄りが次々に逝き、祖母は慌しく毎日を送る日々の連続で、休む暇がなかった。龍之介の他界後、彼の養父道章がすぐに亡くなり、後に残された養母儔《とも》と、同居していた道章の妹ふきが相次いでこの世を去った。始終お葬式の出る家と言われ、陰気な雰囲気が漂っていたらしく、母たちの手作りの本にもお葬式の詩が入っている。

年寄りが沢山いたのでお葬式も沢山ある訳で、生前はそれだけ賑やかで、活気があったのだろうから、彼らがいなくなる度に暗くなっていくのは当り前の事だ。沢山年寄りがいて、厄介事もあったかもしれないが、頼りになる事も、楽しみも多々あったと思われる。次は若い世代の出番である。しかし、私の母だけが二十代を越えたばかりで、あとは皆十代であった。後に残された祖母にとっての日常は並大抵のものではなかったと思う。十八歳で結婚、三人の子供の母となり、二十八歳で未亡人になった祖母の行く末には、まだまだ困難が待ち受けていたのである。祖母と過ごした日々がもう一度戻ってくるのなら、彼女の心の内をもっともっと聞きたいと思う。本当に大変だったでしょうと伝えたいと思う。今の私の年齢であの時に戻れたら。でも祖母は「お父さんも私も好き同士」で結婚したと母に伝えていたと言うし、「二人で交換した手紙をお棺に入れて」と言いおき、その通りになったし、それだけでいいのだとも思う。夫と子供を愛し、芥川の家を黙々と守ってきた祖母を私は尊敬する。

当時祖母は家での大仕事を抱えながら若い息子達の夏休みのために、山中湖に貸別荘を借りた。お手伝いを一人つけて、瑠璃子も連れて避暑に行くようにと、祖母らしい心遣いだったらしい。

避暑地では無論父・比呂志が主導権を握り、学校の宿題や遊びの後で、四人は再び手作りの本の制作にとりかかったそうである。ここでの一冊は『外套』。今までのとあわせて四冊目となった。

「蛸《たこ》の悒欝《いふうつ》」は四人の連作で、最初の書き出しは母、あとを次々に皆がつなげていくといった面白い遊びからはじまった作品である。作品といっても遊びは遊びで、書き写すのも少々躊躇したが、四人揃って一つの物語を作っているのは他にないので、敢えてそのまま書き写す。

蛸の悒欝（連作）

葛巻ルリ子
芥川多加志
芥川也寸志
芥川比呂志
連作

　或る晴れた日、漁村はづれの白ちやけた道を、村ではものめづらしい一台の立派な自動車が、疾風のやうにすぎ去りました。その自動車を見かけた村の人たちは、きまつて斯《か》う申しました。

「蛸が自動車に乗って居たらしい。」

　この村人たちの云ふ蛸――が貝殻の蒐集にかけてはマニアにちかい興味をもつて居る、蟹罐錆太《かにかんさびた》氏なのであります。蟹罐――と申しましても、決して氏の容貌風采が蟹に似てゐるのではなく、寧《むし》ろ蛸に似てゐるのであります。ですから村人たちに与へた氏の刹那の第一印象もあの滑稽な「蛸」だつたのです。

　氏はこの悲喜劇的な容貌のために、成長（？）と正比例した悒鬱さを体験し、その悒鬱さはいまでは氏の性格を決定させるにちかいものとなつてゐました。ですから氏は大変なブルジョアであるにも拘らず決して将来に対する希望をもつて居りませんでした。（強ひて云ふならそれは途方もない計画ばかり。）ですから氏は「追憶」を限りなく愛して居ります。貝殻の蒐集といふのも氏にとつては絶対的な慰めであつたのです。氏は人伝てに素晴しい貝殻の話を聞くと何百哩《マイル》の途をも厭はず、その海辺まで涯《はて》しない懐かしさを求めて自動車を疾駆させるのでした。

（以上ルリ子）

氏は自動車の中で、心に見事な貝殻を描きながら、今か今かと自動車の止るのを待つて居りました。

やがて——自動車、氏の乗つて居た自動車は爆音をたてて止りました。其処《そこ》はきり立つた崖にはさまれた、茶色のごろごろした岩が沢山ある、いとも危なげな場所でありました。然し——蟹罐氏は、ちつともこの危なげな海辺を怖れませんでした。それは氏の経験とそれから貝殻に対する氏の期待とに外なりませんでした。

氏の得たい貝殻——それはどこの家——（少くも氏の知つて居る同好者の家）にもないものでした。氏は、その貝殻を自分が初めて、同好者の内で初めて得られるのだと思ふと、嬉しいと云はうか、何と云はうか、それこそ云ひ様のない快感にひたるのでした。

その貝殻、それは海辺のまはりにある筈でした。氏はそれを自分で取らなければ気がすみませんでした。他人の取つたものは、それは如何に見事であらうと、何となく不安の気持に駆られるのでした。

氏はそこで僅か一人でその貝殻を取りに出かけました。その頃もう時計は三時を廻つて居ました。

（以上多加志）

日が西の方にしづみかけた時、蟹罐氏は茶色のごろごろした岩の間を、いちいち調べて居ました。氏の腕時計が五時六時とすぎて行きました。時計の針が七時を指して居る時でした。氏の求めていた貝殻が遂に得られる時が来ました。氏がごろごろして居る岩の間をさがして居る時、夕日の光をうけて、まばゆいばかりに反射して居る貝殻を見たのでした。氏は今、求めた貝殻を持つて自動車に飛乗りました。

自動車は崖つぷちを走り出しました。氏は自動車の中から、後へ後へと飛去る外の景色を眺めました。そして、家の人たちが喜びに溢れた顔で迎へて呉《く》れる事を想像しました。やがて自動車は自邸に着きました。氏は今日得た貝、夕日に反射して美しく輝いた時の事を思ひました。又、岩と岩との間を探した事なども思出しました。

そして自分が初めて、同好者の内で初めて得られた喜びがこみ上げて来ました。

（以上也寸志）

――夜中。錆太氏は寝もやらず独《ひと》り桃花心木《マホガニイ》の卓に置かれた貝殻を眺め、陶然として居りました。時々「はあんはあん」と溜息をつき、やがてウツトリと目を閉ぢて彼は満足と興奮と異様な「熱」とに身震ひをするのです。――

コトン…物音、はつとして彼は目を見ひらきます。貝殻を凝視します、どうやら貝殻のあたりが音の源泉の様に思はれましたから。

コトン…再び——口をあくのです、貝殻が。生まれたばかりの仔犬が母親の乳をねだる様に。

思はず知らず、錆太氏は貝殻の方へ手を、——その途端、「貝殻」は唄い出したのです！口をパクパクあけ、白い舌をふるはせて！

蛸が私を欲しいとおつしゃる
私しや御免よ大蛸小蛸
貝は悲しい詩人のお耳
お耳なうては詩人が困る
蛸さん私が欲しいとならば
おなんなさいな詩《うた》うたふ人に

そして、その最後の句が終るか終らないうちに、貝殻はぴよこんと跳上り、シャンデリアにその縁をきらめかせたまま、クルリと廻つて落ちたと思ふ——と、一匹の青い蛾《が》になり、ヒラヒラと窓から抜け出て行きました。

夜の冷々と澱んだ空気の底に、錆太氏は「一時の死」を眠り続けて居ます。（以上比呂志）

この物語はどんどん続いてゆくのだが、年長の父と母はそれなりに、父などは既に舞台上の装置なども目に浮かぶ演劇的な表現のように思われるが、也寸志はまだ十二才、果して自分から進んで参加したのだろうか。母に言わせると、父を頂点にして弟二人はいつも仲良くしていて、父は一人別格といった風でさまざまな活動をしていたそうである。

さて、「蛸の悒欝」も最後に父が締めくくる。

――この連作は予め何の打合せもせず、次々に書き続けていったものである。

Q海岸の蛸が、果して蟹罐錆太の「なれのはて」であるかどうか、作者たちは一向に知らないのである。

本の間からこぼれ落ちてきたような、この押し花のような遊びのかたまりについて、「青春とはどこか大真面目で、何となくかなしく滑稽なものだ。」と母は著書『青春のかたみ』に書き留めている。

山荘での生活は、父と母との距離を縮めるのに一役かったようである。子供だけの解放感、周囲の情景、本作りを通じての感覚の触れあい等々、二人は急接近したのだろう。

私が年頃になると、山中湖での父の様子を母から聞き、丁度その頃、私にも同じような経験があったから、随分と興味深く耳を傾けたものだ。早熟だったのか、父は十七歳、母は二十一歳の時に結婚を決めた。年が上というだけで母はいつも遠慮がちで、常に父が積極的に決定していくのだと強調するので、母も昔の女のしおらしさがあるのだと可愛らしく思えた。

山中湖の話が出る度に母の顔が華やいでみえるので、どんな事が起っても乗り越えてこられたのは、ここで将来を決めた母の強い気持がいつも支えになっていたのだと思う。山中湖での思い出は母の詩になって、たびたび登場する。詩作をはじめるきっかけになった父との本作りから結婚までの結びつきを、母はふりかえる。

——若書きとはいえ、こうして共通の感覚を持っていることで、彼と私は結びついたのであろう。ともかく私たちはお互いに幼い頃からの身近な者同士として、再発見し合い、結婚に結びついてしまったようである。あの時点でほかの大人たちのことはお互いに考えもしなかった。こどもの一種の裏切りかも——世俗的に——知れなかったが、ふたりとも境遇的に大人の裏切りに（これは後から想ったことかも知れないが）遇っている。若さゆえの無茶苦茶というか——それができるのは若さの特権であるが——すくなくとも価値観の一致と共通点を発見して、お互いに生きて行こうとしたのであろう。

（『青春のかたみ』）

父と母の年齢、従姉弟同士、複雑な境遇などを抱えた恋愛結婚は、当時いろんな言われ方をしたのだと思うが、父と母はその時のお互いの思いを貫いた。母に優しい父、父に寄りそう母、二人の出会いは、多分二人が生まれる前から決っていた天空の主の仕業であろう。人は運命に導かれて泳ぎまわる。幸も不幸も、栄光も衰退も、平和も戦争も、身のまわりの渦の中で人は生き、そして死ぬ。

将来にむかって二人は演劇と詩作の道に分かれてゆくのだが、母は父に促され、遊びの続きで戯曲を連作、父はいくつもの詩を書いたりしている。父は十五歳の時、既に戯曲を書いていて、雑誌に発表していたので、母にも勧めたとみられるが、母は戸惑いながらも「ある晩出遭った男達」という題で試みている。H・G・ウェルズ、エドガー・アラン・ポー、フランツ・シューベルト、ドストエフスキー、ゲーテ、セザンヌ、ジャン・コクトーなどが登場するという面白そうなものだが、前半を母が書き、後に父が「素晴しき地下室」と改題して完成した。私は見た事も読んだ事もないが、遊びといいながら、きっと二人とも一所懸命に書いたのだろう。

私は父の詩も好きで、「靴下」という童話のような詩は幾度となく読んではその情景を想像したものだ。

靴下

雲の上の空にはうす明りがある。
そのなかに高々と一つ禿山がそびえ
山のてっぺんには老婆が居る。
彼女は歌をうたひながら
天地開闢以来
緑の靴下を編み続けて居る。
靴下は
もう山の中腹あたりまで垂れて居る。
――見て居給へ。
今に、靴下の先っぽが、雲のなかからそろそろ下つて来るに違ひないのだ。

母は編物が好きで、亡くなる少し前まで何かしら編んでいたので、時々この詩を思い出すのだった。山のてっぺんで歌を歌いながら靴下を編み続ける老婆と、詩を紡ぐ母とが重なり、大きな緑の山が一緒に目に浮かんでくる。説明の難しいこの感覚を、母は解ってくれた。

「ドン・キホオテ」

ものども、わしをあざむきをつたなあ。

息切らし、ごくりごくりとのどぼとけ、
雪白《せっぱく》まばらの顎ひげふるへ
血ばしれる眼は脂《やに》に汚れたり。

いからす肩の鎧の錆金具
ガチガチ鳴らして勢ひ込めども
皺すぢほそれる手はわななき止まず。
高々あらはれし頬骨に
今ぞ苦しみのかげ、
馬また痩せてたてがみ草の如し。

汚辱の世界

地の果へと伸びたる褐色黄金《こがね》の道は
凶々《まがまが》しき黒鳩の翼もて被れたり。
暁の谷は既になく、
黄昏の山は未だあらず。
野に充てる沸々たる泥土の流れ、
その上を、鍛鉄の矢は
乱れ飛びかはすなり。
ヒマラヤの杉地に枯れ伏して
おどろおどろと森の風、
何ごとぞ、世は末法の妖《あや》すがた！
さもあらばあれ
丈なす剣《つるぎ》、しろがねの我が心
汝等如きに摧《くじ》けんや。
百の群像わらひどよめける
その濤《なみ》の中に
騎士ドン・キホオテは立てり、

正午の陽をば全身に浴びつつ
ひたすらなる憤り火と輝いて
しはがれ声をしぼりつつ……
あざむきをつたなあ
あざむきをつたなあ

（一九三八・三）

これは演劇人の父らしい詩で、心に残っている。母も比呂志らしい好きな詩だと言っていた。

芸術と生と死と

二人は新婚生活を蒲田の蓮沼でおくっていた。借家住いだったが、若い二人の高揚した気持の溢れる一時期だったのだろう。母から蓮沼の頃の話を聞く時、「パパから貰った詩がある」と必ず言うのだった。「ふーん」私は別段興味もなく、それとは別に、一緒にいたお手伝いの君やという人の話や、生まれたばかりの赤ん坊（私の姉）のことや、嵐の晩に私の祖母の母（塚本鈴）がやってきて、そこで亡くなったこととかを聞いては、新婚だというのに、ずいぶん忙しく大変だったのだなと、二人の様子を想像するばかりだった。

〝パパから貰った詩〟を発見したのは父が亡くなってからで、母の片付けを脇で見ていた時だった。若い頃に二人で作ったペラペラの本や絵とかに混じって出てきた。その一篇を拙著『気むづかしやのハムレット』に載せたが、父が母にこんな詩を渡していたのだと、こちらも少々恥しくなったのを憶えている。父も母もいなくなった今、父から母へのラブレターが当時の二人を物語っているのではないかと思うので、私の載せたのとは別に、母が『青春のかたみ』の中で、ノートの切れっぱしに「やるよ」と投げてよこしたという一篇を書きうつしてみる。

RETROUVÉ

妻は緑色のスウエエタアを着てゐる
夫は黒い襟巻きをしてゐる

二人の傍には火がある。
密柑をたべてゐる妻も
煙草をふかしてゐる夫も、
だから　ちつとも寒くはないのだが——

二人はいつのまにか、
それぞれの思ひ出をくりかへしはじめる。
——そして、二人とも、
今ゐるところへかへつてくる。

「この曇つた夜更け、
寒い部屋に二人でゐる」と。

だが、――傍には火がある！
夫はちよいと目をみはる。
……緑色のスウエエタアを着てゐるのは
彼の妻だ！
同時に彼女も目を上げる。
さうして軽い叫びを洩らす。
「あら、随分よごれてゐるのね、その襟巻。」

二人はお互ひに発見しあふ
実は雲一つない星夜空の下の、小さな部屋の中で。

（『青春のかたみ』）

目をつぶると若い二人がセピア色の動画になって通りすぎる。私の父と母。
ついでにこの頃、結婚をしてから、はじめて二人で作った本『序曲』の中にある「偶成」という父の詩も書いてみる。

偶成

この秋の夜に、妻よ、私たちは黄いろく電燈が照らす貧しげな卓をはさんで暫くのあひだ静かに語り合はうではないか。

妻よ、むなしくも知りあひ折折の邂逅に微笑をかはす幾人かの女《ひと》の中には、お前よりもつと美しくもつと聡明なひとが少しゐる。

私は彼女等となんでもないことを程よく話しあふにすぎないのだが、そんな時私は何処かしらでかすかな溜息を洩らしてゐるもう一人の私を感じるのだ……

だがひとときの後私は歩き出す。そして家へ帰つてくる。——そこにはお前が居る。

冬、お前が風邪をひく。咽喉にまつしろな繃帯をまき紫色の羽織を着たお前は、夜、となりの部屋の幼ない寝息を聞きながら毛糸の靴下をあみつづけてゐる……さういふお前を私は一ばん美しいと思ふ。さういふお前は古風なやはらかい光につつまれてゐる。

また、そんな日日のうちに、お前はふと、耳を澄ますやうな表情をする。さもさも、その小さな病気がそつと歩きまはる、その足音を聞きつけたとでもいふ風に。すると、私に静かな憂欝の表情がやつてくる。死んではいけない、死んではいけない、と……

ああ、ずゐぶん滑稽なことさ！　だがさういふ不思議な心の動きを、私はほかの女《ひと》に感じたことはなかつた……　お前は私の身ぢかに居る。

「なんとまあ遠くに来たことだらう！　かつて私たちは、ごらん、あんなにうしろの方に居たのだよ。」と、お前に話しかける日がやがて来るだらう。それがどんなに愉しい夢かはお前にもよくわかつてゐる。悲しまないために、私たちは一《ひと》あし一あし静かに歩んでゆかう、私たちの心にともる灯を見つめあひながら……

（昭和十三年・九月）

こういうものを読むと、母の言葉を思い出す。「私は断然両方で好きになった人と結婚する」と。

幼い頃からの遊び仲間で、お互いに大した関心もない二人が成長して、その存在に気づきはじめた後、ごく自然に結婚したと母が言うように、二人は何の計算も無理もなく結びついた。

彼らにとって周囲はどうでもいい事だった。長女である姉は、若い父親に対して多少の気兼ねがあったようだが、そんな事は現代《いま》の人に言っても通じなくなった。けれど学校で、友達の兄上と自分の父親の年齢差があまりなかったとしたら、当時の古風な女学生は、やはり気になったのではないだろうか。子供というのは親の知らないところで心を砕いているものだ。

一九三九（昭和十四）年、二人が暮していた蓮沼に、田端に住んでいた私の祖母文の母が訪れ、その晩、急に息をひきとった。大騒ぎの末、若い一家は田端へ転居する。父はまだ学生だったし、母は子供を抱えているし、諸々の事情で転居が決ったらしい。

相変らず田端は人の出入りがあり、多加志、也寸志兄弟の他、私の祖母の弟や、母の異父兄、それに母の弟も加わり、幼い私の姉と年子で産まれた次姉など、先代たちに代って次世代の人々が集っていた。庭先で皆が揃っている写真があるが、私はまだ誕生していなかったので、当然私の姿はない。けれど家族から日常に起った事など聞いているので、皆を知っていたように錯覚してしまう。まだ幼かった姉は、同居の叔父達に可愛がられていたという。写真家をめざしていた母の弟は、姉の写真を沢山撮影して、横には色つきの面白い絵を描き、手製のアルバムを一冊こしらえている。主人公の姉の表情は、どれもこれも子供らしさが溢れていて楽しくなる。父の弟多加志も、よく姉の面倒を見てくれたらしく、大好きなタヽカおじさんと慕っていたそうである。祖母と母の弟達は病気がちだったので、あどけない子供の様子に心が和んだのだろう。好きな動物のぬいぐるみを抱いて、こちらをじっとみつめている、あどけない姉の幼少時の写真をながめるたびに、叔父たちはきっと目を細めて微笑み、姉を見ていたのだろうと、その様子が目に浮かんでくる。

父と母は、大勢の身内が集まった家の中で、二人の子供達と一緒に、祖母達の手を借りながら、それぞれの仕事に明け暮れていた。

父は「新演劇研究会」を結成する一方、詩誌「山の樹」の同人として活動していたし、母は母で相変らず詩や文章を書き続け、絵なども描きながら子供達の世話に忙しかった。

父のもとには、加藤道夫氏、堀田善衛氏、中村真一郎氏などが訪れて演劇論を交わし、友人達が泊っていかれたりしたと聞いている。又、「山の樹」の同人には、堀田氏、中村氏の他、白井浩二、福永武彦、加藤周一、白井健三郎、小山正孝氏などがいらして、村次郎、西垣修氏なども書かれていた。父は詩や翻訳の短文を発表していたが、演劇の方に進むようになった後、母が「山の樹」同人として誘われ、そこで詩を書き続けるようになったのである。

しかし、父の人間関係が広がり、活動が活撥になっていくと、母の家事が増え、育児にも追われて、なかなか彼女自身の事に手がまわらなくなっていった。いつの間にか主従関係になった理由を、母は、主人として比呂志に一目置いていたからかも知れないと言う。父の中で仕事と家庭はいつも区切られていたから、母は迷わず家庭での役割をこなすようになっていったのだった。

二人に訪れた現実生活、日常のつまらない事柄で口喧嘩もあったし、苦労もあったと言いつつ、彼女は彼と共通した価値観に支えられていたと何度も繰り返す。

「おい、わかるだろ？　そう思うだろ？」
と同意をもとめて、比呂志は目を輝かす。あるときはカスミを喰べて生きている仙人のように、あるときは昂奮して子供同士のように喋るが、価値観が一致するから、はたからみればお目出たいと見えるのだろう（中略）
卑近な例で、金の延べ棒と、こころの自由とか欲しい絵、すぐれた作品の一篇を選べと言われたら、二人の答はわかっている。
（『青春のかたみ』）

本人言うところの、はたから見ればお目出たい夫婦なのかもしれない。けれど生きる夢の在りかをお互いに認め合っていたのだから、こんなに強く結ばれた夫婦はないだろう。

太平洋戦争がはじまったのは、父が苦労の末やっと演出を手がけた芝居を上演することができ、さあこれからという時だった。軍隊に入ったのは一九四二（昭和十七）年の秋である。

母の弟はこの年の五月に、祖母の弟は二年後に、父の弟多加志は三年後に亡くなっている。結核と戦死。当時、身内を同じように亡くされた方が大勢いらして、結核、戦死、という言葉が、後年生まれた小さな私の耳にも、響いてきた。食料事情も悪かったので、みんな四苦八苦して栄養を摂るための献立を考えたようだ。卵に衣をつけて揚げた特製料理があったそうで、母が「何よりのごちそうだった」と言っていた。後に飽食時代がきて話題になった時、「みんないつか罰《ばち》があたるわ、あの時を思い出したら考えられない」とも言っていた。

祖母の、父の、母の、三人の弟たちは、家族の願いや祈りに勝てず、病気で、戦地で、生涯未婚のまま他界した。祖母にとっては弟だけでなく、次男まで失ってしまったことになる。「私たちの若い頃は本当に大変な事ばかり、沢山楽しい事をみつけなさい。そうでないと皆がかわいそうだから」母は戦後生まれの私に昔話をしながら、そう言った。

私が会えなかった二番目の姉は、麻疹から肺炎を併発して就学前の可愛い盛りに天に召されたそうである。その時、祖母の弟はまだ存命中で、相当のショックを受けて終日口もきかずに放心状態だったらしい。日頃、二人の女の子達を連れて公園に行ったり、絵本を読んでやったりしていただけに、まして彼は病弱であったから、元気な幼い命の終末を見るのは、どれほど辛い思いであったろうか。彼だけではなく、まわりの大人たちには、未来ある幼子が消えてしまうのは耐えがたかっただろう。父は既に陸軍予備士官学校にいたが、外泊許可をもらって帰宅し、娘の死に号泣したのだという。子供の死を認めなければならなかった父と母、祖母たちのその胸中は筆舌に尽くし難い。

母は後年、その時の苦しみをやっと表現する気になったのか、著書『影燈籠』に次女英子《ふさこ》の思い出を書いている。

私には時々英子の話を聞かせてくれたり、自分の気持にちょこっと触れたりはしたが、いつも笑い話になったり、途中で泣きそうになってやめてしまったりで、過ぎた日のあれこれをあまり語りたがらなかった。

――英子死去の知らせをうけて、当時前橋の陸軍予備士官学校（赤城隊）にいた比呂志が、急遽外泊を許可されて帰宅してきた。昭和十七年一月、比呂志は繰り上げ卒業で軍隊にはいっていた。英子の遺骸をみて比呂志が男泣きに泣いた話をあとできいた。私はそれまでの看病疲れとショックで寝込んでしまい、その後比呂志が急ぎ帰隊した後も具合が悪くなり寝ついてしまった。その間K（注・当時同居していた母の異父兄）は神経がイラつくのか、怒鳴り散らす。私も、落ち込んだ八洲《やしま》さん（注・祖母の弟）ではないが気が変になり、眠れぬ夜が続いて暫く青山の斎藤先生のご厄介になった。茂吉先生はおやさしく、いろいろ私の話を訊いてくださり、薬をいただいて飲んだが不安は増すばかり。起きて辛く、横になっても眠れず、自殺者の心理状態がこうでもあろうかと、わかるような気分だった。それは苦しかった。

　この苦しみは当事者にしかわからない。そういう状態のとき、もし自殺できたらどんなに楽であろう。私は自分の体験によってそう言える。が、私は英子と一歳違いの尚子（注・長女）のことを考えた。死んだ次女のことばかりに気をとられていて、私が死んだら尚子はどうなるかと。この状態は一時的なショックと諸々のことが重なったための、精神的な病気らしいから、一過性のものだということ。若くてある程度気力もあったから、私は薬に頼らず自力で治ってみようと決めた。（中略）

　私は自分だけのカンに頼り努力してみることにした。普段はどこかぼんやりしていて「どこか抜けてるんじゃないかい」とよく比呂志にからかわれている私だったが——何とかの一念があったのかも知れない。徐々に治癒していったようである。「焼野の雉子《きぎす》、夜の鶴」という諺があるが、私はそこまで徹底できなくても、単に平凡な母親が目を醒していたからかもしれない。

（『影燈籠』）

母は前年に、たった一人の弟を亡くした後でもあり、精神的にも肉体的にも疲労が随分たまっていたのであろう。おまけに主人は前橋に戻らなければならない。けれど母を頼る長女によって母は死なずにすんだ。母の父親が子供を置いて、この世を去る時に、断腸の思いであると遺書に書き残したというが、子供と生きるために、もう一人の子供との別れを認めなければならなかった彼女の胸中を察すると辛い。

「生きているのか死んでいるのかわからないほどでね、ある時ふらふら歩いていると、洗湯《せんとう》からちょうどチャコちゃん（英子の愛称）と同じ位の女の子を連れたお母さんが出てきたの。私はボーッとしてその二人を見たまま動けなくなって、気がついたらもう誰もいなくて、一人でつっ立っていたの」「チャコちゃんはね、おかしな子で皆をよく笑わせていたのよ。パパがコクトーのレコード「トワゾン・ドール」を何度も聞いていたら覚えちゃってね、〝ヴクレー、ヴクレー、ランチキテー〟というところを真似して〝ヴクレー　ヴクレー　アンチキショー〟っていうの」と、ひとつ、ふたつ、ぽつりぽつりと話す母は涙ぐんだり、笑っていたりしていた。

私は母の話と、数枚残った写真から次姉を想像するしかないのだが、もし生きていたら、しょっちゅう喧嘩をし、大笑いし、抱きあって大泣きしたりしたような、そんな気がする。そして長姉は、そんな私達をいつも姉らしく冷静に諭したり、面倒を見る役まわりをしていたように思う。三人で一緒にいたかった。

田端で、おとなたちは長姉をタコちゃん（尚子《たかこ》）、次姉をチャコちゃんと呼んでいたが、ある日チャコちゃんがタコちゃんと遊んでいて、例の茶目っ気を発揮して叫んだ。「凧凧あがれ天まであがれ、タコタコあがれ天まであがれ、お姉ちゃんあがれ天まであがれ」

私はこの話を聞くと、ものすごく悲しくなる。チャコちゃんはお姉ちゃんを残して、お姉ちゃんよりずっとはやく、ずっと高くお空までのぼっていってしまった。チャコちゃん、チャコ姉ちゃんに会いたかったのに。会っていっぱい遊びたかったのに。とてもとても悲しい。

「英子に」という手紙を発見して、きちんと読んだのは、母が亡くなって数年目に遺品を整理していた時である。もしかしたら以前見たかもしれないが、ゆっくり読んでみたら「センチメンタルなのは大嫌い」と言って強がっていた母が、ずっとしまい込んでいたのがわかった。感情に流されたままの文章は、いろんな意味で見るのも嫌だったのだろう。それでも捨てずに、捨てられずにいた英子への手紙なのだった。

いつも強がって積極的に進んでいた母は、次女の死によって、それまで辛うじて保ってきた自信を喪失し、守るという姿勢を今まで以上に強くもつようになったのだと思う。おまけに幼少時代から持ち合せた過敏な神経は、次女の病気の後ますます細く弱くなり、ちょっとした心配事にすぐ反応するようになっていったようだ。彼女はこの時に生き方が大きく変ったように思う。

逝きし英子へ

私の「忘られてゐた時間」が再び戻ってきた。突然に。それは次女英子の死によってである。

ながい間、私は私のかきたいものに憧れてゐた。「詩人と医学生」「東洋のバルナベ」等、私のうちに生々した題材が湧きあがり、唯ものを書く暇さえあれば、これらを一つの絵のやうに、心たのしく纏《まと》めてみたくて仕方なかった。私の気分的なひとつの贅沢である。

暇さへあれば――その希いが、五才の童女の死によってもたらされた。私はいま完全に一日の幾時間かを、自由な（？）幾時間かを所有することが出来てゐる。そして、あれほど憧れてゐた「私の時間」の、何にも代え難いほどの空虚さ、惨めさ、苦しさ。それは悲しみと呼ぶにはあまりに虚しすぎるものである。

生れて初めて、私はこの様に、肉体的にも精神的にも参ってしまったのははじめてである。――英子が入院して死んで、その晩に家へ帰って来て、私は発作的な痙攣《けいれん》を起した。私はその晩、私も死ぬであらうことを予感してゐた。英子は麻疹のあとの肺炎だから、殆んど死ぬまでの一週間ばかりの間、酸素吸入をかけつづけ。私は御飯もろくろく喰べず、最後の二日間は、通して三時間位しか眠れず、それも原因したのだったらうが、一時のショックというには、あまりに烈しすぎた私の病気。内科的には別に取り立てていう病気もなく、それは神経的なものが大部分であったのだろう。人は、「毎日それだけの余裕があるから、そうやって苦しみ、自らの病気を重くしてしまうのだ」と云う。ほんとうに、私にはそれだけの余裕がありすぎるからだ。然し、その余裕も、英子の死によってである。生前、「私の時間」を考えさせた程の英子のことであるから、朝から晩まで、私は「英子の仕事」に逐われつづけであった。体の弱い英子のことだから、一寸でも気を許していると、すぐ病気になる。着物のこと、喰べもののこと、また一寸でも目を離すと危く、おいたをやったり、パンツを汚してしまうというわけで、私はいつも注意しなければならなかった。時とすると、「あーあ」と溜め息をしたり、ついヒステリカルに叱ったりもした。だが、いまのこの気持の前に、それらの「あーあ」だのヒステリカルな私の動作が、いかに甘いものだったか。私の不遜な憧れであった暇は、私の「苦しみの時間」に変貌した。私への罰である。

英子よ、あなたはお花を愛した。お人形を愛した。ひとりで遊ぶことを愛した。あなたはよく喰べた。「早く死ぬ位だから……」と後になってコヂつける。胃腸が弱くて、いつもパンだの牛乳だのばかりだったから、あなたには何でも御馳走だったのかも知れない。――が、あなたは気前も大変よかった。いつかあなたのお姉ちゃんが、先にお三時を喰べた後であなたがお昼寝から起きてきた時、黙ってるお姉ちゃんに、自分のパンを半分にして「はい」とあげたことがあった。

あなたはおいたも相当やった。お障子に指で穴を開けたり、ママの鏡台からこっそりクリイムを持ち出しておもちゃにしたり。ママはその度あなたを叱った。英子よ、あなたが死んでお納柩の時、みんながあなたの好きなお花を、赤だの白だの紫だの、を入れてとてもきれいだった。それに絵本だの、病気中欲しいと云った「お椽側でつくマリ」や、折り紙細工の雛や風船やおさんぼうや狐やオルガンや、バブちゃん（注・祖母文）の買ってきたお人形や。こんなに沢山のお花や絵本や、死んでからではおいたも出来ないのにねえ。唯ひっそりとして、額に手を置けば氷より冷めたく冷えて、つけてあげたリボンも取りもしないで。それでまるでねんねしてるみたいな感じなの。

英子、小さな体で、小さな生命を支へきれるだけ支へて、そして苦しみながら何にも知らずに逝ってしまった。ママを完全な空虚さの中に取り残して。「ママかわいい」は嘘だったの？

あなたのパパから、二七日の一寸前にお葉書がきた。「――生前、童女は花を愛しをり候へば、庭の隅に一種の花を植えておやり下されたくお願ひ申上候」と。あなたの「ヲジちゃん」と「多加にいちゃん」は、きっといいお花を探してくださるだらう。こんどの三七日は、あなたのお納骨式。お墓に這入っても、英子ひとりでも寂しくないね。あなたはひとりで遊べるんだもの。えらいんだもの。あなたのまはりは一度もみたことのないお祖父ちゃんや、もっともっと知らない、もっと年寄りのおぢいちゃん、おばあちゃんがゐるのよ。きっと珍らしがって、あなたを玩具みたいにかはいがってくださるでせう。

英子よ、いつまでもこんなことかいたりして、あなたにはわからないし、つまらないわね。これはまだ生きてるママの気やすめね。だからお病気の時のやうに、ママのこと、「ママきらい!」とおこるかも知れないわね。やめませう。――生れてからお病気ばっかりしてて死んぢゃったかはいそうな英子、もうお病気しなくとも済むのね。もうさよならね。

これからママは、「ママの残された時間」を、苦しくとも生きるでせう。あなたを育てる時のやうにして、少しも緊張を失ってはならないやうに希いながら。ママの甘やかされたかつての気持を、どうぞ怒らずに頂戴。

一九四四(昭和十九)年、幾人もの家族を失った一家は神奈川県藤沢市の鵠沼へと疎開する。

鵠沼には祖母文の実家があり、帰隊中の父が、「田端の家も空襲で危いから」と疎開を提案したそうである。

これが長年暮した田端の家との別れとなった。一九四五（昭和二十）年、四月十三日、東京大空襲でＢ29の爆撃を受けて焼失したのだ。家も、そこに暮した人々の息づかいも、思い出に残るばかりで、戦争によって全て消滅してしまったのである。

疎開時には、書斎の大荷物など大切な物だけを運んだらしいが、古着を裂いた紐を作り、ひとつひとつ束ねたと聞いた。段ボールやガムテープ、ビニール紐など全部備えられた現在の引越しと比べたら、どれだけ大変な作業だったのだろう。この引越しの準備の最中、祖母の弟が亡くなったのだから、それ以前の不幸なども考える時、残された人々の忍耐力も半端ではないと思う。疎開した先での生活に触れた文章がある。

——その頃日本中食糧事情が切迫していて、文も私も近所の農家めぐりをしていた。当時、お金を持っていっても駄目なので、着物とか帯とかを携えて行っては、メリケン粉やお芋の粉と交換して貰う。終いには交換するものも底をつき、スフの毛糸まで持ち出した。お米など仲々手に這入らなくなっていて、偶《たま》に這入ると文は、外泊する息子のために白米を大切に箪笥の底に蔵い込んでいたのだが、帰宅してきた比呂志のために取り出して炊いたらナフタリン臭くなっていた。比呂志はぶつぶつ文句を言いながら喰べたという笑い話にもならないこともあった。砂地の庭を家庭菜園にして、茄子やトマト、隠元豆なども作り、終いには薩摩芋も作り、その茎まで捨てずにお雑炊に混ぜて喰べた。食糧事情は極度に逼迫していた。

（『双影』）

やがて終戦となるその年に私が生まれた。「戦争の時、あなたなんか防空頭布の中で寝ていたんだから…」と、小学生になった時に母に笑われ、一寸馬鹿にされたようで嫌だったが、本当なので仕方がない。母の文章は更に続く。

――そのような日常生活のなかで一番怖しかったのは、ある夜空襲警報と共に、米機が墜落してきたことである。家のまわりが昼のように明るくなり（飛行機は海岸か海中のどこかに落ちたらしい）母は「死なばもろとも！」と叫び子供達と布団を被った。私は生まれて間もない耿子を防空頭布の中にすっぽり入れたのを抱いて立ちつくしていた。飛来する米機の機銃掃射の弾丸が庭の松の木に当ったこともあった。そのような中を、長女尚子《たかこ》は国民学校に通っていたが、農家の子供はお米のお弁当を持って来られたのに、うちではふすまの中に農家でわけて貰った薩摩芋の粉をまぜて、丸めて電熱器（ガスも配給制で一定の時間がくると自動的に止ってしまう）で焼いたのしか持って行けない。彼女はそれを嫌がっていたが、どうすることも出来なかった。（中略）

※ふすま―麩　小麦を粉にひいたあとに残る皮、飼料や洗い粉に用いる。

――昭和二十年の敗戦を迎え、也寸志は東京の軍楽隊から、徒歩で鵠沼の自宅まで辿りつくと、縁側に倒れてしまった。比呂志は滋賀県御園村神崎部隊にいたが、部下への指令、書類の整理等で、少し遅れて帰宅した。その後比呂志は山形、八日市へ戦友志鎌達一氏にお願いしてお米をいただきに行ってくれたり、燃料不足のため三女耿子の空の乳母車を押して鵠沼海岸へ流木集め（煮炊きする燃料も底をつき、流木を乾して使ったり、終いには米櫃まで也寸志がこわさなければならなかった。疎開した雑誌類もたきつけに使った）にも行ってくれたり、男手が出来て家族は大分助かった。配給の薪は生木のまま来るので乾してから鉈で割って使うのだが、ブスブス燻るし、薪を割るのも非力の私には時間がかかる。（『双影』）

食料難、預金封鎖等々戦後の混乱した日本の人々の生活は、ひどく困窮していた。赤ん坊だった私は知るよしもない。

けれど父は終戦の年に既に演劇活動にむけて行動を起こしはじめ、鵠沼から東京へ幾度も通い、上演、演出などに力を注いだ。
そんな中、母もやっぱり詩を書くことはやめられず、暇をみてはちょこちょこと何か書いていたようである。

——戦時中の私は近くの農家へ食糧の買い出し、薪割り、炊事、主人や二人の娘の世話等のかたわら、送られてきた僅か六頁の「女神《にょしん》」という詩誌に詩を書いていた。「女神」には江間章子、故中村千尾、内山登美子氏等のお名前があった。当時は読むものとてなく、疎開の時持ち出した佐藤春夫の『ぽるとがるぶみ』や、谷崎潤一郎の『春琴抄』など繰り返し読んだ。

娘時代は堀辰雄氏主宰の「四季」に投稿していたが、当時の「四季」は九冊手許に残った。同人の顔ぶれは萩原朔太郎、中原中也、竹中郁、三好達治、津村信夫、田中克巳、辻野久憲、堀辰雄、桑原武夫、立原道造、神西清、井伏鱒二、神保光太郎氏のほか、増田篤雄、乾直恵、吉村正一郎、内田忠、萩原恭次郎、丸山薫、堀口大學、保田與重郎、田中冬二、坂本越郎、竹村俊郎、室生犀星氏等々、実に多彩なお名前がならび、今読み返しても貴重な作品が多数並んでいる。

昭和十年十二月号に、三好達治氏の選で、「寓話」「少女に」「骨牌《かるた》」の三篇の詩を、はじめて載せていただけた。昭和十二年五月号に「お弔い」「春の挿話」が載った頃は、もう芥川の家にいて、文芸春秋社に通いはじめている頃であった。社に通う傍ら、アテネ・フランセにも通い出したが、比呂志との結婚、長女の誕生等で家庭にはいり、詩も自分用のノオトに書くだけとなり、次第に数も減っていった。当然アテネ・フランセにも通えなくなった。だが、逆に比呂志との関係で、夏軽井沢などへ行くと、彼が親しくさせていただいていた室生犀星氏のお宅や、堀さんのお宅に伺う機会が出来た。

（『双影』）

父の周辺にいらした方々との出会いによって、母はわずかでも進歩、成長していけたのだと思う。そして、そこで培われたものを失うことなく持ち続け、戦中戦後まで詩作は細々と続けられたのだ。書棚に並んだ本の中に、父や母の〝お知り合い〟や〝お友達〟のお名前を目にする度に二人の時の流れをみる。そういえば祖父が室生犀星氏からいただいたというつくばいが家の庭の片隅にある。戦火にあいながら田端の家に残り、祖母が大切に持ち帰ったもので、引越しの度に場所をかえながら現在の家に落ち着いている。のこされたものの中から、遠い昔の語り継がれた事などが時々脳裏に浮かんでくる。

詩集『薔薇』の誕生

疎開先の鵠沼の家で育った私の記憶に残っていることといえば、断片的な事柄ばかりであるが、後に聞かされた話も入り交って、海の色だの松林の風音なども憶い出す。誕生してから、はじめて目にしたものの記憶は、背負われた祖母の背から仰いでみた夜道の電燈だ。木の電信柱の上にぼんやりと点った薄明るい電球、あれはいつだったのだろう。父は「そんなのは嘘だ、二、三才の子供が…」と疑うが、私は譲らない。昼間は近所の子供達と砂や貝殻で遊んでばかりいた。姉と一緒に拾った白い猫の仔の事も忘れられない。猫好きの私の原点だ。

この頃の母との触れ合いは全くといっていいほど覚えていない。母は多分、芝居のために鵠沼と東京を往復していた父の事や、小学校に通っていた姉の用事や、私たち家族の食事の世話等に動きまわっていたのだろう。だから小さかった私の相手をするのは祖母の役目のひとつだったのかもしれない。祖母との入浴や、井戸端で洗濯をしている前掛け姿の祖母の姿は鮮明に覚えている。祖母が私を背負い、夜道を歩いていたのは、寝つけない私のためなのか、それともどこかへ行った母の帰りを待っていたのだろうか。

私がおとなになって、夜のひととき母と女同士で雑談をしていたら、恋愛の話題になった。父と女性の、その話を聞いた時も、その後も、私が若かったせいもあってずっと嫌な気持を抱きながら、何故私に話さなければならないのかと母の神経を疑ったりもした。けれど、父が他界し、母が父との事を無心になって書きはじめた本、『双影』に父の恋愛問題にも触れた箇所があるのをみつけた。しかもそれが鵠沼時代のところに書かれているので、母を語る時に通りすぎる訳にはいかないような気がしたので多少の抵抗はあるが、書きうつすことにした。

——巣鴨に稽古場を持つようになってから、はじめは鵠沼から通っていたが、そのうち不便になり、終には巣鴨の稽古場から自宅へ帰らない日が多くなっていた。家族ぐるみの東京暮しとなると、時間的にも経済的にも無理だったし、その頃の彼にとって、自分のこれからしようとしている仕事には、正直いって家族は足手まといになっていたことだろう。たまに鵠沼に帰って来ると、「車中で米兵にからまれ、仏蘭西語で煙にまいてやった」「気のいいＧＩと、スタインベックの『怒りの葡萄』について話しずっと退屈しなかったよ」などと言っていた。

だんだん稽古場に泊り込む日数が増えていった。別居に近い生活のなかで、はじめて彼の恋愛関係がはじまっていた。私の知っていたのは最後のものまで含めて、三人だったが（この他知らないことも沢山あったかもしれないが）、今は遠い思い出の中に閉じ込められ、どうということもなくなった。当時は相当悩んだり、やきもちらしいものも妬いたが、彼の仕事の性質上、そうしたことがない方が不思議であろう。そういう場合、どこの夫婦とも同じように、一種のごたごたは避けられなかったが、私はそれがつづくと飽きてしまう。これは彼に曽て「狸」と言われた性質上の特技（？）だったのかも知れない。一人の人間が一人の人間を好きになってしまう、というその現実は仕方のないもので、誰にもどうすることもできないものだと最終的にはおもってしまう。そのことが後になって一時の錯覚のようなものだったとしても、そのときの恋に理屈はないのではなかろうか。自分たちのことも顧みて私は声を出してわらってしまった。彼は「変った女だな」と言う。当時の男性として彼には一家を養うとか、ある責任のようなものはあったかも知れないが、私はせめて彼の精神的なお荷物になりたくなかった。「好きなようにすればいいのよ」、彼は自由でなければ彼ではなくなるだろう。

　それよりも、当時は切迫した日常生活に逐《お》われていて（長女は小学校四年生になり、三女は二歳で小児喘息の持病があり、よく発作を起して手が抜けなかった）、母と交代で農家めぐりをしたり、藤沢に開かれていた闇市に出かけ進駐軍のおあまり物資に依存しなければ、子供達の栄養補給も難しい時代だった。

（『双影』）

男女の問題はいつの時代も変らない。母にはその他にも色々と葛藤があったのを知っているが、鵠沼にいる時のことは、生まれて間もない私にわかる筈もない。喘息がはじまったのさえ知らなかったのだから。

喘息の発作については幼稚園に入園してからの記憶があるだけだ。母が布団を山積みにして私を寄りかからせ、朝になるまで一晩中添い寝をしてくれた。咳込むたびに苦しくて、ふと横を見ると母の顔があった。思い出すのは鵠沼の家にいる私ではなく、東京に引越してから寝ていた和室の一部屋の光景である。

思えば、母も祖母も幼少の頃からずっと苦労の絶え間がないのだった。

一九四九（昭和二十四）年私達五人家族は鵠沼を後にして東京上目黒に転居した。

引越しの後、一緒に連れてきた白猫がいなくなってしまった。皆それどころではないのに、父が、ある日わざわざ鵠沼から連れて帰ってきた。白いタオルを抱いて猫の名前を呼ぶ私のために、「チーコ（猫の名）がいたよ」と父が探して連れてきてくれたのだ。どこをどう行ったのか、鵠沼の家まで戻っていたという。その頃猫は放し飼いだったから、又すぐにどこかに行ってしまい、せっかくの父の努力も水の泡になったが、子供に対する父の配慮に感謝している。

上目黒の家は狭いながらも二階家で、小さな庭もあり、家族が住むには充分だった。姉は転校して通学、私は近くの教会幼稚園に通いはじめた。幼稚園の送り迎えはやっぱり祖母で、私は完全におばあさん子になっていた。それは父の仕事が忙しくなり、母には父のために使う時間が、前にもまして多くなっていったからである。父の健康管理、来客の応待の他、身のまわり全般を受けもっていたし、一時は舞台衣装なども手作りしていた。一晩寝ずに作る事もあり、衣装の下につける胴着も綿を入れて作ったらしい。又、仕事が不規則なために、生活が昼夜逆転になる場合もあり、もともと身体が丈夫なほうではないから、規則正しい子供の生活と両方では続かないので、祖母に頼らざるを得なかったのだろう。けれど、いつの場合も自分自身の世界を求める気持が強く、詩のノートは離さずにいた。娘英子の死以来、彼女は自分をおさえて家族のため、家庭のために一所懸命つくしていたのだろうが、家事に埋没してしまうことから意識的に免れていたような気がする。昔から好きだった絵は、油絵特有の匂いを嫌がる父に遠慮して描かなくなったが、わずかな暇を利用して、猪熊弦一郎氏のアトリエに通うために大きなスケッチブックを抱えて出かけていった。今考えると、その頃の彼女は、どこか寂しく現実逃避の場を探していたのではないかという気もする。心の隅に何か満たされないおもりのような物があって、ひとときの別の世界へと足が向いたのかもしれない。

——家庭とは妻とは、私の場合仕事一途のそういう彼の一部でしかないと思う。また誰でも他の誰かの全体を所有することなどできはしないだろう。私自身のことを思ってみても思い当ることがある。私も屢々《しばしば》気分的に「外出中」になることがあった。

「あら、子供がいること全然忘れていたわ」と口走って、比呂志はある文章の中に「難解な女房」と書いたことがある。時折孤独な個人に戻ることは誰でも自由であるし、それを一々説明したことはないが、そうした私の性質は彼も承知していて時には呆れられもしたが、咎められたことは一度もなかった。彼は自分たちの結婚生活、夫婦のことを平凡と書いたが、全く家庭での日常生活は平凡で地味（？）だったように思う。でも破調の部分もお互いに持っていて両方で調子を合せていたのではないだろうか。

（『双影』）

東京に住いを移してからも、家の中はいつも順風満帆とはいかず、経済的に逼迫していた時期があり、母が行動に出た事がある。

——ある日、思いきって私も働くべく某店へ行ったら、沢山押しかけていた人達の中から採用された。すると彼は鵠沼時代の造花造りの内職の時怒ったと同様、おどろいて即刻やめるように言う。採用されたまま行かず終いになったのだが、当時の新劇ではまだ暮してゆけない状況だった。だが尠《すくな》い当時の報酬など度外視して、彼はただ演劇に打ち込みたかったのだと思う。

後年彼は自分の納得できない仕事に対して、幾らお金に困っても金銭の報酬を受け取らないという態度も示した。そういう時彼は頑固で家族を度外視して「俺がそう決めた」の一言で終ってしまう。

（『双影』）

生きること、自分が生き生きと生きること、現実生活を目のあたりにした時に苦しい自問自答がはじまる。父の深酒がはじまり、彼は発病する。結核である。

——昭和二十四年度だけでみても年間七本の芝居を演り、その間、後年につづくラジオ、偶に這入る原稿書き、雑誌の座談会等含めると、正に過密スケジュールだった。大抵病気が治ると、すぐまたこのような状態が続き、この繰り返しとなってゆく。これは彼の性格上、じっとしているのが嫌いなたちにもよるが、誓いをたてた仕事と戦争中の失われた時間に、安閑としていられない何かに引っ張られてゆく感じがした。そうなると家庭では母の言うことにも私の言葉にも耳をかさない。

生活上のこともあったかも知れないが、私は「からだがあっての仕事でしょう。お金だって暮らすに困らない程度でいいのよ、必要以上にお金があっても仕方がないでしょう」とは、その後何年も繰り返して言ってきた。

（『双影』）

文中で誓いをたてた仕事といっているのは、敗戦後の年のクリスマスに、父が長岡輝子さんへの書簡に「演劇に対する情熱と意志は〝告白《アガウ》ではなく誓《ヴウ》なのです〟」とお送りしたということで、後年「麦の会」の劇団発足につながっている。

結核と診断された父は入院、それと同時に私にも少しばかり感染して、肺門リンパ腺炎となり、せっかく入学した小学校を一年間休学しなければならなくなった。母は父の病院に日参し、家に戻ると自宅療養の私の世話をしなければならず、細い身体で頑張っていた。そういう状態であるから、祖母の手をかりなければ到底乗り切れなかったであろう。「よく私が感染しなかった」と母は言っていたが、本当にその通りで、母まで倒れたらどうなっていたかと今更ながらに思う。

私は一年間の自宅療養といっても、まだ幼い子供だったから、何の不自由も感じないまま毎日暮していた。それにいつも祖母が傍にいてくれたおかげで、寂しくなかった。一緒に絵を描いたり、本を読んだりしているうちに一日が経ってしまう。ただし安静時間というのがあって、昼食後に一時間ほど寝かされる。ちっとも眠くないのに布団を掛けられてじっとしていなければならない。外遊びにさほど興味がなかったから、家にいるのは平気だったが、決められた安静時間には不服だった。たまに母が家にいる時（父の病院に行かない時）に、母は眠くない私の横に来て一緒に枕を並べ、作り話を聞かせてくれる。話には姉や私が登場し、思いつくままに行きあたりばったりで、何がおこるかわからない。面白くて何度もゲラゲラ笑った。話の続きがどうなるか気にかかるから、ますます眠れない。逆に母の方が日頃の疲れが出て、うとうとしはじめる。「ねえ、それから?」。母を起こして催促すると、「続きは又こんど」とごまかされ、安静時間の延長となる。母とのこういうひとときが忘れられないのは、父の事に忙しくて、祖母まかせにならざるを得ない母との時間が少かったからかもしれない。母親といるだけで嬉しかったのだ。

後年、母に対する不満のようなものを感じていたと言うと、彼女は驚いたような顔をしていた。彼女は彼女なりに子供達を思っているのに何故?という表情だった。「言えばいいのに」と一言つぶやいていたが、私にはもう少し母にかまってもらいたかったというのもあったが、母が家庭婦人にならなければ、もっと才能を開花させることが出来たのではないかという思いもあり、複雑な気持を抱えていたのである。子供の頃に解りにくかった母親の一面が解り、その時、母の生き方はそれでよかったのだろうかと聞きたくもあったのだ。

手元に三枚の写真がある。上目黒の自宅の本棚の前で、これ以上の笑顔はないといった表情で母に抱かれ、その母も満面に笑みをたたえている。二人とも大はしゃぎしている様子だ。父や私の病気が治り、私は小学校に通いはじめて友達が沢山でき、家の庭で遊んだりしていた頃のものだ。庭には花が咲き、その中にいる母も私も笑っている。姉と二人で微笑んでいるのもある。私の持っている一番古いアルバムの中ほどに貼られた写真だが、世の中も、私の家も少しずつ余裕が出てきたようで、写真を見ていると当時が蘇ってくる。又どのようないきさつがあったのか、母方の祖母と母の異父姉が二人揃って自宅に同居していた時期でもあり、手伝いの人なども含め狭い家はいっぱいだった。おとなたちの日常はどんな事が起っていたのか知るところではないが、活気があって楽しい日々だった。

自宅は表通りから少し奥に入ったところで、木造の同じような家が立ち並ぶうちのひとつだった。斜め前にアパートがあり、そこには同じ年齢の子供たちが大勢いて、みんなと一緒に鬼ごっこやかんけりなどをして遊んでいた。家の門の入り口に椎の木があって、木登りをする子供達もいたが、私は登れずにただ眺めているだけだった。楽しみは近所の神社に来る紙芝居で、学校の友達に誘われてよく見に出かけたのだが、そこでも遠く離れた神社の境内にある高い石の上から一人で見なければならなかった。紙芝居を見るには何がしかの駄菓子を買わなければならず、それを母から禁じられていた私は、小銭なども持たせてもらえなかったからだ。たったの一度だけ優しい友達が私の分まで買ってくれて、「これで一緒に見られるね」と言われ、みんなの輪の中に入れてもらった事がある。駄菓子を食べたのは勿論母には内緒だった。私の母は自分の胃腸が弱かったり、幼少で死んでしまった次女英子もよくお腹をこわしていたらしいので、食べ物には殊の他注意深く、「これ大丈夫？　ほんとうに大丈夫？」とよく聞くのだった。母ほどではないが私にも伝染して、似たような口調で同じことを言うようになってしまった。

母の食に対する拘わりは、父の病気も手伝って強くなり、家族みんなに「健康の基本は食にある」と言っていた。

父が仕事に復帰してから、母はますます父の健康に気を配るようになり、相変らず不規則な生活時間に追われて、自分はいつも二の次で休む間がなかった。そんな無理が重なると、必ず具合が悪くなって寝込んでしまう。食事、食事と言いながら、忙しくなると他の事柄に手いっぱいで、自分自身の食事に気がまわらなかったのだろうか。日頃の食の細さも手伝って極端に痩せてしまい、ある時期など「どこかお悪いのでは…」と母の友人達が心配をして、噂が広がったという。

生活の安定とは裏腹に、二人とも多忙のために心身共にかなりの負担がかかっていた筈である。その一方、父の俳優としての成功が目前にあり、それを支えている母の喜びは大きく、この時期は二人にとっての未来にむけた貴重な日々でもあったのではないだろうか。

――上目黒にいた頃、芥川研究をかねて、ヴィリエルモ氏（後ハワイ大学の教授になられたと聞く）がみえられたことがあった。日本文学研究家のヴァルドー・ヴィリエルモ氏は四、五回この時期来られていて、恰度その頃比呂志は『わが心高原に』（ウィリアム・サローヤン作、倉橋健次、加藤道夫演出）でフィリップ・カーマイクルの役を演じ、その後ヴィリエルモ氏は岸田國士先生の『道遠からん』で主人のユウ役をご覧になってもいる。（中略）

狭い二階の比呂志の部屋に、家の全員が集り、―少しでも龍之介について知る話を―ということで新原（注・龍之介実家）のいとこN子も混っていた。一応座談が終り、陽気な性格のN子が冗談まじりに「ヴィリエルモさん、このなかの女性で、誰が一番きれいだと思いますか？」と尋ねた。比呂志は仕事で留守だったので、二階に集まったのは女ばかり。

比呂志の母とヒサ（注・母の母親）その娘S子、恰度来合せていた也寸志の家内だったSさん、私と娘二人。そのとき外国人の率直さで、「この方」とヴィリエルモ氏が示されたのは私の母だった。

「いやですねえ」と母ははにかんで笑っていたが、すでに老境にはいっていた母は、地味な着物で、それまでの逆境にもめげず、生来ののんびりした性格故か、童心にかえっていたような日常だった。草花が好きで手芸好き。極く普通の家庭婦人だったし、苦労つづきの運命にながされつづけてきたが、大した欲もなく、邪心のない人だったと思う。（『影燈籠』）

この時のことはぼんやりと覚えているような気がする。モノクロの写真の中に、たしかに女ばかりが寄り添うように収っていた。母方の祖母はもともと小柄なうえ、後ろで遠慮がちにしているので、ますます小さく見える。ヴィリエルモ氏が何故いらっしゃったのか理由もわからなかった私は、外国人というだけで心がときめき、皆でお喋りしたり笑ったりしている様子を眺めているだけで、いつもとは違った特別の日に思われた。

私が小学五年生になった時、欲も邪心もない、一番きれいだといわれた母方の祖母ヒサとの永遠の別れがきた。彼女は既に上目黒の家から父方の祖母の実家鵠沼に、長女（母の異父姉）と共に移転していたが、病気になって六十八歳で帰らぬ人となった。祖母は未婚の長女と二人きりで静かに暮していたのだが、病気になったと聞き、母が心配をして入院を勧めたらしいが、とりあってもらえなかったらしい。胸のあたりにしこりがあったから癌ではなかったのかと母は気にしていたが、今と違って医療が進んでいなかったのと、検査や入院などせず、自然に近い状態のまま自宅で養生していたので、年寄りによく見られる脳軟化症というだけで済まされてしまった。それだけに母の悲しみは激しく、倒れて寝つき、葬儀にも出席できない状態になった。亡くなったと聞かされた時「いや！　いや！　死んだところなんか見たくない」と泣きだした。私はそれまで母が泣いたのを見たことがなかったから、とても驚いた。いつもケラケラ笑っているか、不機嫌そうに、時々強い口調で怒るのは知っているが、とり乱して泣く姿ははじめてだった。私も十才そこそこで、身内の人間の死というものに出会ったのははじめてであったから、とても印象にのこっている。

　母は母親の葬儀にも出ないと非難されたらしいが、全く出られる状態ではなかった。父方の祖母（文）と私の姉が、そのごたごたを切り抜けたと聞くが、姉も長女というだけで、小さい頃から大人に言われるままに黙って従い、随分我慢や苦労をしてきている。

　私はこの時の出来事を「母の涙」という題で、作文だか詩だか忘れたが書いた覚えがある。祖母の死よりも母の涙の方が私にはショックであった。祖母といってもひとつ屋根の下に暮したわずかな時と、夏になって鵠沼海岸に数日遊びに行く位しか会っていないので、父方の祖母ほど身近には感じていなかったからだろう。

母は姑である芥川の母に、「いざという時にしっかりしなければならないのに、ほんとうに困ったものね」と諭されたそうだが、「仕方がないの、私はすぐ人と一緒になってしまうから」と首をすくめていた。人が苦しんでいると、同じように苦しく、死ねば自分も死んでしまったようになって役に立たないのだという。次女英子の時に暫く立ち直れないでいたのも母だ。その時に私が居合わせないでよかった。そこに居て尋常ではない母の苦しみを見たら、私までおかしくなっていたかもしれない。

母方の祖母ヒサが鵠沼で死去したのは、私達家族が上目黒の家を後にして同じ目黒区内に引越した後だった。

新築の家は以前の家よりは数倍大きく、まだ周囲は畑が多かったので、ちょっと目立つ存在だった。父が俳優として文学座に在籍し、数々の舞台に立ち、シェイクスピアの『ハムレット』を演じた頃のことである。

――昭和三十年四月十五日にはシェイクスピアの『ハムレット』（福田恆存訳・演出）。名古屋公演を皮切りに、京都弥栄会館、大阪毎日会館、五月八日から二十六日まで東京、渋谷の東横ホールで上演された。比呂志のハムレット、オフィーリアは文野朋子さん。観劇に出かけたところ、東横デパートの一階から八階のホールまで大勢の観客が階段に並んで入場を待っている。遠慮勝ちにその横を登ってゆくと、「早くしろ、入れなかったらもう観てやらないぞ！」等の弥次がとんでいた。

　劇が進行して、墓掘りの場面になり、オフィーリアの埋葬場面で、ハムレットが墓穴に飛び込み、レイアティーズと、オフィーリアに対するお互いの愛の深さについて口論となった時、「芥川！」と声がかかった。後《あと》で、あれは観にいらしていた千田是也氏だと噂が流れたが、本当だったのだろうか。（中略）

　父王の亡霊が出てきて、階段の上で気を失って倒れる演技は、随分苦心していたらしいが、高くなった段上で両手を一杯に拡げて、そのままの姿勢でもろに倒れる有様は、みていてはらはらした。「頭でも打ったら大変でしょう」と訊くとニヤリと笑って、「大丈夫、計算済みでやってるんだから」という。ひとを心配させて涼しい顔をしている。だが肉体的には動きっぱなし、喋舌《しゃべ》りっぱなしの長丁場で（これは『決められた以外のせりふ』（注・比呂志の著書）に「ハムレットの速力」という題で書いている）、毎日下着は汗びっしょり。何枚も家へ持ち帰っては洗濯するのだが、間に合わなくては大変なので、下着だけでも二ダース位は揃えて置いた。

「行動力のある男性的ハムレット」という当時の福田氏新演出もあって成功裡に終ったのが五月二十六日。

（『双影』）

母と同じような立場の奥様は沢山いらっしゃると思う。表舞台に立つのも陰で支えるのも並の事ではない。それは職業の何かには関係なく、みんな命がけなのだ。

休む間のない仕事の切れ目切れ目に父の肺結核は再発し、舞台か病院にいる方が家にいる時間よりはずっと長いのだった。

——昭和三十一年一月五日より十五日まで東横ホールで『ハムレット』の再演。この頃から疲労甚だしく、私は心配のあまり陰でF氏に御相談に伺ったりしていたが、当人は仕事一途の人なのでいつものように聞き容れず、矢代静一氏の『絵姿女房』（戌井市郎演出）に番人の役で出ている。

同年一月三十一日より二月一日まで京都弥宗会館で『わが家の平和』（ジョルジュ・クールトリーヌ作、岸田國士訳、長岡輝子演出）のトリエル。三月六日、東京第一生命ホールで『明暗』（福田恆存作、戌井市郎演出）の康夫役。前々から健康のことを案じていたのが、限界にきてしまっていた。だが当人はきかず二十四日のラクまで第一生命ホールの上演を済ませてから、大阪毎日会館、京都弥栄会館、名古屋毎日ホールと、持薬持参でまわり、私は地方公演の間、付き添った。

旅先きの旅館で公演開始時間近くまで寝ていて、時間になると劇場へ出かけてゆく。当人は自覚症状もあまり感じないのか、結核の薬がまだよく効いていたからか、時には元気よく「家《うち》にはいい皿がないから」とか何とか言いながら町へ出たがったりした。京都ではお湯飲み茶碗を買い、一軒の袋物屋をみつけて「おい、ハンドバッグ買ってやろうか」などと暢気なことを言う。私はそれどころではない。帰京したら即刻入院と決まっているというのに。

（『双影』）

日頃夫婦二人で出かけるのも稀で、まして何か買ってやろうなどと言われ、父が死んでしまうのではないかと、気持がわるくてハンドバッグは断ったと母が言う。そうしたら父は「変った女だな。ひとが折角買ってやろうというのに…」と歩きはじめたそうである。「人の気も知らないで」と、また彼女は怒っていた。

父は仕事の合い間に入退院を繰り返していたから、それが何度目だったのか、長かったのか短ったのかとても覚えられない。幸い母が著書に年月を印してあるので参考になるが、時々母の勘ちがいもあるので、私の記憶を頼りに指折り数えて確認したりする。とにかく父と病気は切り離せない困った相棒だった。

しかし昭和三十年代というのは、父や母に新しい風がふいてきた時期でもあったようで、母がはじめての詩集『薔薇』を出版したのも昭和三十三年のことだ。

——昭和三十五年、入院して（注・比呂志が）約一年十ヶ月で退院、十一月、イイノ・ホールで飯沢匡氏の作・演出による『塔』の砂山三郎に出演した。

その二年ほど前、比較的暇な時もあったのか、彼は私の昔から書き溜めてきた詩のノオトを「見せろ」と言い出した。そして「詩集を出してやろう」ということになった。その頃北軽井沢でお目にかかっていた岸田衿子さんを通じて、「ユリイカ」の伊達さんを紹介していただき『薔薇』という詩集を出してくれたことがある。

三十五年四月二十九日、アジア会館で「山の樹」の同人その他二十五・六名の方々が集まり、出版記念会を開いてくださった。彼も珍らしく出席してくれた。「山の樹」四号に、故西垣脩氏が詩集の書評をお書きくださっている。（中略）会の口火を切ってくださったのも西垣さんだった。（中略）

彼（注・比呂志）は私が「何か自分のもの」を持つことには賛成だったが、私が会合とか人中へ出ることをあまりよろこばないところがあった。「詩はうちの中で一人で書いてればいいんだよ」「お前は花とか壺のかげとか、そういう詩を書いておいで」と、いい年の私のことを少女扱いにした。三島由紀夫氏が『薔薇』について、ラディゲのことを引用した書評をおハガキに書いてくださったときには「なんだ？　三島は俺にハガキ一枚よこしたことがないのに、お前は生意気だぞ」と言った。私があまり表面に出ることを好まなかった。私は彼のいやがることを、なるべくやめることにした。そのことによって、あまり痛痒を感じなかったせいかも知れない。

（『双影』）

詩集は『薔薇』一冊だけだが、本の最後に四十代はじめの若い母の写真と一緒に〝あとがき〟がある。それには少女時代に詩のようなものを書くのが好きだったこと、結婚、戦争などで、ものを書くどころではなかった、けれどそんな時もノートの隅に何かしら書いていたこと、余裕ができるとともに「山の樹」に入れていただいたことなど書いている。そして「何かのきっかけで靴磨きになっても、暇をみつけては何かしらゴソゴソ書いているような気がします」と。

――私には古風なところがあるらしく、例えば家族の誰かが病気にでもなると、詩はたちまち私の中から追放されてしまいます。はたから見ると、必要以上に心配し、「ばかね」とか「うるさい」とかいわれる存在になります。詩をかく手が、「ばかね」と、「うるさい」

のための、あまり上手でもない家事に振り向けられます。私は不器用なので、旨く二つのものの使いわけが、出来ないせいかも知れません。本人はそういう状態に満足しているらしく、松茸御飯をこしらえることも、詩を書くことも同じように考えています。又、有難いことに暇が出来ると、詩はいそいそと向うから私の方へ歩いてやってきてくれます。恰度、やりかけの刺繍のつづきのようなものです。（中略）

蛮人に似た稚気と、都合よく出来上った私の凡庸と、果敢な不具と、恵まれた恥のために、私はこの分身である詩たちを、外側から眺めてみる手段としました。（『薔薇』）

母は詩の発表の場としての処女詩集『薔薇』に、少女時代の「四季」や、若い頃父と書いていた「山の樹」の中の詩を選んで入れている。選ぶ時に父が○や×をつけたのを見て参考にしたらしいが、「四季」や「山の樹」、以外のものも含めて三十篇だけの薄い本に仕上っている。その中で父が好んだのは「遊園地」だと聞いた。そして「木馬」は父が幼い頃遊んでいたものを懐しんで書いたものだと言っていた。

詩集『薔薇』は、若い頃から父と二人で走り続けてきて一息ついた時の、父から母へのプレゼントだった。アジア会館で開いていただいた出版記念会には、堀多恵子（堀辰雄夫人）萩原葉子、鈴木亨、中村真一郎諸氏等々にお集まりいただき、出版を祝っていただいた。その時には父と母の幼少期からのスライドも写され、父が解説をしたらしい。親しくしていただいた方々や父のおかげで素晴しい一日を与えられた母は、恐縮しながらもいつになく高揚して帰宅した。「私の詩はどこかでひっそり収っているほうがふさわしいのではないか」とこの日をふりかえっているが、「箱入り奥さんで過ごしてきて慣らされてしまった」からといい「別にそのことを特別に不満に思ったことはなかった」というのだが、いつも同じことを述べる彼女の言葉は、自分自身に言いきかせているのであり、「もっと思いきり活動してみたい」という気持が、どこかに潜んでいたように思えてならない。『薔薇』を出版したことにより、母はいろいろと貴重なお便りをいただき、詩を書くことから離れられない自分がいることを前よりも強く意識したに違いない。

――比呂志の病後（「ハムレット」の再演後）、岸田衿子さんのご厚意で、岸田先生の別荘をひと夏お借りしていたことがあった。そのとき、比呂志に連れられて野上弥生子先生のお宅に伺った。それから先生と少しずつお近づきになって、はずかしかったが、私の『薔薇』をお持ちしたら帰京後、丁寧なお手紙をいただいた。

――女が家庭生活のあひだにも自分だけの世界、あなたなら詩の世界をもつといふ事は大切なので、とりわけ年齢を重ねるにつれていよ〳〵貴重なものになるのを、ひとりの経験者として私は語ることができます。私がかうして、この高原のひとつ家に、たつた一人暮しても、寂しさの代りに悦びを、乏しさの代りにゆたかさを、毎日もつてゆけるのも、ほんの些《いささ》かながら自分だけの世界を有してゐるからでございます。

母が尊敬していた野上弥生子先生からのお手紙の他に、三島由紀夫氏からもおハガキをいただいている。母は三島氏についての本を沢山買い求め晩年になるまで熱心に読み続けていた。

——詩集『薔薇』を頂戴、ありがたく存じます。力を注がれた詩はもちろん第一部でせうが、僕の好みでは、第二部の「仔鹿たちの祈り」や「骨碑《かるた》」みたいなローランサンやラディゲを思はせる詩が大へん好きです。「あとがき」が又実に美しい見事な御文章で「やりかけの刺繍のつづき」といふのは何といふ小まめな優雅な、ドメスティックで又宮廷風な比喩でせう。貴女が詩人でゐられることを今まで少しも知らなかった私の無智を恥ぢます。

母は、三島氏独特の修辞で皮肉られている部分もあるように思うと何度も言っていたがおハガキをいただいたことに感激していた。

家にいて、〝ただゴソゴソと書いているだけ〟の彼女には文字を専門になさっていらっしゃる方々からのご批評には身がひきしまり、次へのステップになったのではなかろうか。父のおかげで彼女だけの世界が形になり、思いもよらずいろいろな方々から刺激を受ける事になった母の感謝は、父だけにではなく、今まで通ってきた道のりにも、出会った多くの人々にもむけられた。「ほんとうにありがたいことだわ」と。彼女からみれば、長い間求めてきたものの、ささやかな結実であった。

――昭和十四年三月発行の「山の樹」が、翌十五年の十二月号と合わせて、黄ばみかけた十三冊が私の手許に残っているが、執筆同人の顔ぶれ、その作品など、すべてが懐しい。比呂志は沖廣一郎のペンネームで「夜あけの手紙」、鈴木亨氏の「鶴」、小山正孝氏の「真昼」、中村真一郎氏の「湖の畔りにて」ほか。中村さんの詩は押韻詩。西垣脩氏の「相聞歌」、村次郎氏の「底」、五月号には「立原道造氏」として鈴木亨氏が、同年三月二十九日に永眠された立原さんの追悼文を載せていらっしゃる。（中略）

昭和十五年の「山の樹」一月号は翻訳詩の特集で、西垣脩氏の「詩一篇」（クリスティナ・ロゼッティ）、加藤周一氏の「青い泉」（ハンス・カロッサ）、中村真一郎氏の「神様が人間に語る」（ジュール・シュペルヴィエル）、芥川比呂志の「親しい森」（ポオル・ヴァレリイ）、山崎剛太郎氏の「ノクチュルヌ」（ジョルジュ・カポリイ）などが載っている。詩では村次郎氏「冬宿」小山正孝氏「冬の歌」、西垣脩氏「母に献ぐ」、鈴木亨氏「愛しい人」、中村真一郎氏「物語のために―序詩十篇」などまことに多彩である。（中略）

十三冊全部の紹介はとてもむずかしいが、懐しくなって読み返してみると、少しも時代を感じさせない新鮮な青年たちの精神がかがやいていて感動する。比呂志も、親しい友人がたも二十歳前後の若々しい青春の頃だったのだ。西垣脩氏の書かれた「芸術に関する諸考察」（I）に次のような一説がある。

「――我々は家を建てる。そしてその家の中に住む。丁度そのやうに、我々は常に夢を創造し、その中で生活するのである。実に、我々の生命の本質はそれと同じ――この内的世界は普通、夢といふ言葉で表現されてゐる――」といふ詩人の言葉がある。この「夢」は単なる夢物語といふ夢の意味ではない。内的世界、小宇宙を自身のなかに持つ人々は、いかなる現実のなかでもつよいであらう。強靭な精神世界を持つからである。戦争中であらうとも日常生活のなかでも、ふた通りに二重に生きることができるから。ほんたうの詩人はその術を知ってゐる。（『青春のかたみ』）

『薔薇』の出版によって、ひととき詩人芥川瑠璃子のつぼみが開きはじめた。

「フランスには何があるの？」姉が幼い時父母にむかって真面目な顔で訊いたという話が私の家族間で伝説になっている。彼らが文学や演劇について毎晩あつく語るのを、姉がいつも傍で聞いていたからだという。亡くなった次姉も、父がコクトーのレコードをかけるので、すっかり覚えたというし、父や母は、時代もあって相当西洋に気触れていたらしい。私なども両親の本棚に、サルトル、シェークスピア、メリメ、ゲーテなどの字をみつけては面白がってトンチンカンな事をいって大人達を笑わせていたそうである。ノアイユ夫人やランボーの話も聞き、「とてもいいのがある」と言っていたのを思い出す。

母が詩誌「無限」に依頼されて書いたとみられる「その中のひとり」という文章には、オクタビオ・パスの名前がある。

――好きな詩人というと、あまり沢山のひとがいて、この詩人、あの詩の詩人と、仲々限定しては考えられない。その詩に感銘をうけた詩人は、みんな好きになってしまう。ということは、あまりに素朴すぎるということだろうか。オクタビオ・パスという未知の詩人の詩に出遭ったときも、私はたちまち虜になった。

言葉は起き上がる
書かれたページから
言葉
加工された鍾乳石
彫刻された円柱
一つ一つ　一字一字
木魂は　凝結する
石のページの上で

亡霊
ページ同様に白い
言葉は起き上がる
渡る
沈黙から絶叫へと
限られた糸の上を
厳密な述言の

糸の上を
耳口音の
巣もしくは迷宮

（中略）　何よりも私のこころを捉えたのは、わきあがっている熱と、ひえた頭脳ともいえるその詩であった。

彼女はオクタビオ・パスの詩に右のような感想を述べている。そして、次のように詩と詩人について書き留める。

――世界的名声を持つという詩人について、私の勝手な思い入れなど、烏滸の沙汰というべきことかもしれない。だが、詩人は、その詩のなかに、かくれたとき、私の吸う空気と同じものになってしまう。舞台上で流れた俳優の泪に、感応する泪は、同一のものとなり、あるこころの交感を伴って支えられる。時代めいて大袈裟にいうなら、たましいの、芸術の、通信とでもいうのだろうか。そのとき、私にとって、その詩は何であるか、私の小宇宙を満すものとなり、又、しずかに消えてゆく。それは、どこかで音楽に似ていはしないだろうか。

（『無限』一九八二年一〇月）

話はもとに戻るが、『薔薇』出版後に、西垣脩氏が、「山の樹」に書評を書いてくださっている。「ひとに」「別離」「ある地帯」「作文」などを取りあげてくださり、母の人となりにも触れている。

――留利子さん（注・当時の瑠璃子のペンネーム）をぼくが識ったのは、《薔薇》の〈あとがき〉にもあるように、三年ほど前『山の樹』の仲間入りをして例会に出られるようになってからのことだ。「主人に冷水なんかよせよせって冷やかされますのよ」と笑いながら、何かたのしげであった。いつも遠慮ぶかくて、あまり話もされず、どちらかというと陰気な風だったとも思う。胃潰瘍のせいであったのだろうか。そのうち出席も杜絶えた。

ここまで書いて、うちあけた感想をいえば、折角の処女詩集で出ながらほとんど反響も見ずに経過したのは、ぼくたちの友だち甲斐のなさもさることながら、著者の消極的な処置のせいもあった。つまり留利子さんは《薔薇》が出来ると、自分の詩集が誕生したということに安堵して、そのまま堆んでたのしんでおられたらしい形跡がある。いかにも著者らしく、「すべて、過程こそ魅力があり、生き生きした時間なのだ」
という心境はぼくなどにも実によく共鳴できる。——

過程の魅力と生き生きとした時間というのは私も同感である。全て出来上ってしまうともう魅力は消え失せ、次へと向いたくなる。創造の楽しさ、喜びとはそういうものだと私は思っている。母が父の健康を第一に考えながら日々暮していて、自分の活動に消極的になるのも私の性格と似ているからよくわかる。西垣氏も——なるほど主婦はたとえ病床にあっても家庭生活への心づかいから解放されない——とおっしゃっている。その後——戦中戦後の生活苦にどれほど女性の目だたぬ人間的辛苦の沈積がひそんでいることだろう——とも。そして、母の作品について結ばれている。

——留利子さんは、けれども世のいわゆる苦労性女房タイプでは決してない。とぼくは想う。《薔薇》一巻をつらぬく常処女《とこおとめ》のような夢見がちな心情を見るがいい。なんという透明で無垢なイマジネィションの活力にあふれていることだろう。それが旧作「風のうた」「星のうた」と近作「小さな魂の話」「作文」とを結ぶ著者のオリジナルな主調である。ぼくはそのイマジネィションが生みだす豊富きわまりない語彙のきらめきと、そのアラベスク風な交響の壮麗に眩惑されないわけにはいかない。

おそらくこういうのをフランス的というのであろうか。知識のないぼくには、ただそんな推測しかできないのだけれど、ともかくこうした畳みかけのイメジの壮麗さとエキゾチックな優婉さは、日本の詩にははなはだ異質な珍奇なもののような気がする。しかも、これは作者留利子さんには、すこしもこしらえものではないナイーヴな詩の発想にちがいあるまい。留利子さんはまさに『四季』の正統派、『四季』の詩の土壌の上に花咲いた、いまは貴重な薔薇のかぐわしい一花というべきだろう。

（『山の樹』一九六〇年五月）

西垣氏は、この書評をお書きになる時は随分苦労されたのではないかと思うほどに、母をもちあげてくださっている。

二人きりの劇場

『薔薇』出版後の一九六二（昭和三十七）年、父の病気の再発。これまでにも何度か肋骨切除などの手術はあったが、とても大変な状態であった。父には舞台があり、それを全て終えた後での手術となり、母は精魂つき果てた様子であった。

上目黒の家からの引越しの後、僅かばかりの平穏な日々の中、庭に植える薔薇選びに凝ったり、木彫を習ったり、「山の樹」の会合にも出たりしていた母だったが、長くは続かず父の病院への日参がはじまる。姉も母の手代りに必要品を届けるのに忙しかった。私は学校に通い、勉強と遊びに明け暮れていたので、母や姉の忙しさを尻目に、時々見舞いに行くだけだった。

けれど、手術前の父の舞台（「黒蜥蜴」）ははっきりと覚えている。舞台後に手術が控えている父のこと、それを見て当時存命中であった祖母が私の隣の席で涙を流していることなどが気にかかった。劇中人物の父と、私の父、観劇する私と、家族として心配している私、周囲のみんなのことまでが全て一緒になってしまっていた。俳優としての父を凄い人と思っていたが、この時の父には又それ以上の特別の思いがある。肺結核を持病とする父の病歴を拙著『気むづかしやのハムレット』から抜き出してみる。

三十一歳　五月　慶応病院に入院
三十六歳　三月　同
三十八歳　十月　同
四十二歳　三月　同
五十一歳　三月　杉並区中村医院入院
五十六歳　六月　呼吸困難にて同医院入院
同　　　　十月　杉並区清川病院入院
五十七歳　四月　同病院より慶応病院入院
同　五月　手術
同　九月　手術
五十八歳　二月　手術
同　　　　三月　退院　自宅療養
六十歳　　十二月　呼吸困難にて慶応病院に緊急入院

六十一歳　十月　退院　以後自宅療養

以上並べあげただけでこれだけの回数になるが、手術はその間に何回もあったし、入院期間の長さもいろいろで、自宅療養もずっと続いた。

（『気むづかしやのハムレット』）

驚くほどの回数である。今の医療ならばここまでにならなかったかもしれないが、それは以前に他界した家族にもいえることだ。

父は芯から演劇人であった。病気も深酒も女性問題も、演劇に全身全霊を注ぐ父を知る母には、全て自分が受け入れていかねばならなかった。無論黙って見ていただけではなく、彼女も一緒に戦っていた。心配、説得、嫉妬、謝罪、内省。スポットライトの陰でじっと寄りそっていたのだった。

私達姉妹の手が離れるにつれて、母が自分のために使える時間が増えていったのだろう。父が元気な時期に帽子を作るといって、あるアトリエに通っていたことがある。もともと手先の仕事が好きだったので、刺繍、木彫、編み物などいろいろ自己流にやっていたが、この時は将来家計の足しになればいいというようなことも考えていたようなのだ。

「帽子ならいいとパパが言うから」と、こんな時も父の意見を最優先する。木型や布地など沢山材料を買い込んで習いに行っていた。「山の樹」に書く詩作は間があきながらも続けていたけれど、度重なる父の病院生活を考えての思いつきだったのかもしれない。「女は家にいて出来る事をしていればいい」というのが祖母の代から受け継がれていて（男性達の意見を尊重してい て）、女は皆それに従っていた。昔はそれがみんな当然だったと言うけれど、そうでない人もいた。とにかく私の家では、女は家内であり奥様であった。母について西垣脩氏が、あまり話をしない陰気な人という印象をもたれたのも、「山の樹」の例会で、たのしげであったと書かれているのも納得がいく。母は家の中だけに閉じこもっているタイプではなかった筈だ。一所懸命そうしていただけなのだ。父のために。そしてその自分に満足していた。いつもどこかに寂しさをもって。

帽子を作っている時の母も楽しげだった。習ってくる度にさまざまな帽子が増えて、お洒落な彼女は手作りの一品ものを被って出かけてゆく。私にも作ってくれたのが今でもある。殊に雉の羽で作った帽子は、それだけの技術があれば羽を扱う帽子職人として一生やってゆけると言われたらしい。けれど時代が変われば、その話も変っていく。

父の入院で、やはり趣味どまりで終った帽子製作だったが、決して父のせいではない。どうしても父から離れられない、離れたくない母だからである。

一九六四（昭和三十九）年、東京オリンピック開催。この後に私の結婚と、祖母の亡くなるのが重なった上に、家の建て替えがあり、姉の結婚も控えていて、家庭生活に大きな変化があった。父も文学座から新たに結成された現代演劇協会「雲」で活動することになり、何度目かの入退院の後に母と二人で海外旅行までする。

昭和三十年代後半から四十年代にかけては、めまぐるしい年月の連続であった。

父と母の海外旅行は一生に一度で、母は、――ただ一度の長い旅――と懐しんでいる。

――昭和四十三年二月、彼はアメリカ国務省、フランス外務省の招きをうけて、初めての海外旅行に出かけることになった。アメリカ、ドイツ、イタリア、イギリス、フランスと廻って、沢山の芝居をみて多数の方々とも交流を持った。その間家族宛に旅の先々から便りをよせて、数多い書簡は、彼の没後「芥川比呂志書簡集」として残されている。

五月、パリでの学生デモさわぎの終った時点で、かねてから手紙で連絡を取り合っていた比呂志のもとへ、私も行くことになった。

彼が発病して、付き添って関西の地方公演を共に過した時しか、旅行などと縁のなかったこと故、約一ヶ月の海外旅行は何年ぶりかの旧婚旅行とでもいうのだろうか、二人だけの、初めにして終りのたった一度のながい旅行であった。

（『双影』）

母は父に連れられ、観劇、買物、美術館めぐり、ルイ・ジュヴェやシェークスピアの墓参、等々抱えきれないほど沢山の思い出を詰め込んで帰ってきた。思い出のひとつとして、モンマルトルのジュヴェのお墓についての話がある。

——恰度その日はジュヴェの命日であった（祥月命日は八月六日とか）。墓近くの花屋で菊の束を作って貰い、門限ギリギリだったのだが、彼が交渉して、人のよさそうな墓守りのお爺さんが、鉄の扉を開けてくれた。東洋から来た夫婦者が珍しくもあったのだろうか。彼はジュヴェのお墓の前に暫く立ちつくし、私はそういう彼の写真を何枚も撮った。若き日にみたジュヴェの鮮やかな映像が浮んでは消えていった。ジュヴェの墓の傍らに亡き夫人の墓も並び、暗くなりはじめた墓所に、供えられたゼラニュームの花が、そこだけ紅くあかるかった。墓守りのお爺さんにお礼を言って門を出て、暫く歩きながら「フランスのお墓も日本と似ているね、慈眼寺（芥川の菩提寺）を思い出すなあ」彼はぽつりとそう呟いた。

（『双影』）

ジュヴェのお墓に肩を並べて立っていただろう私の父と母はもういない。

その頃東京では私の結婚準備が進行していて、両親の帰りを待ってから十月には結婚式を挙げる事になっていた。そして、祖母が急逝したのは、両親の帰国から二ヶ月後であった。

父は長旅の後、留守番の姉や、当時、叔父也寸志宅に住んでいた祖母が時々手伝いに来てくれた事を心づかい、数日間箱根に行こうと言いだした。それに、私の結婚前の家族との思い出旅行にしようと思ったらしく、私も同行させた。母には休養をとって家に残るように言い、父なりの計画をたてたようだった。勢いにのって次々に行動を起こした結果、それぞれの立場で疲れていたにも拘わらず、互いに遠慮をするあまり、ますます気疲れして、せっかくの日々の後、気短かの父と私は喧嘩になり、祖母と姉はそのためにとても重苦しい気分になってしまったのだった。

祖母は日頃から高血圧のうえに心臓の具合が悪かった。父が病院行きを勧めても行きたがらず、いつものように担々と暮らしていたのだが、息子夫婦の旅行や私達の親子喧嘩など、さまざまな事柄が身体や気持の負担になったのかもしれなかった。

六十九歳になったばかりのある日、心筋梗塞であっけなく逝った。動かなくなった祖母を前に、喧嘩後には口もきかなかった父と私は抱き合って泣いた。大好きな母親を、大好きな祖母を失った二人の愚かな喧嘩は彼女の死によって終止符が打たれた。

――明治時代の女の人はしっかりしているという一般の通念があるが、母もその一人だったと思う。ふだんでもあまり余計なことは言わない。面倒なことは自分の心の中で処理していたのであろう。あの当時の普通の家庭婦人の典型で、女中さんがいても、自ら台所に立ち、炊事洗濯、子供の学校関係のことなどにかかわっていた。が、単なる堅物ではなく、映画雑誌など取り寄せて読んでいたし、映画を観ることも好きで、後年、自由ヶ丘に住んでいた頃は、孫の耿子や私とよく映画館へ足を運んだ。（中略）

ひたすら家庭の人々につくし、面倒を見、亡くなるときまで人にはこれという迷惑もかけず、ひとりで死んでいった私の叔母さん。私はいまさら感傷めいたことは言いたくないが、母の一生を想うとき涙が自然にこぼれてくる。叔母は自然に、そして、ひとりの女として立派に生きたと思う。

（『青春のかたみ』）

母は祖母と性格の違いから時々衝突もしていたが、長く暮す間に祖母から多くの良い影響を受けていたのがわかる。

祖母が亡くなったわずか一ヶ月後に控えた私の結婚式は、祖母が楽しみにしていたからと、予定通りに行われた。家の中はお葬式と結婚式で本当に慌しく、気持の切り替えも出来ないままにバタバタと落ち着かなかったが、私達新婚夫婦は、自分達のことを考えるのに精一杯だった。

一九七〇（昭和四十五）年大阪で万国博覧会があり、父はそこで『寺院の殺人』（T・S・エリオット作、福田恆存訳・演出）でトマス・ベケットを演った。

この年も相変らず落ち着かない日々が尾をひいていた。家の建て替え、仮住いへの引越し、新居への再引越しの中、姉の結婚を目前に父は映画の撮影（『どですかでん』黒沢明監督）に入り、私には長男が誕生した。この年は三島由紀夫氏が自刃された年でもあり、何かと思い出す年である。

三島氏には父の病室に来ていただいた時に、病室のドアから出た私と、入られる氏と、たった一瞬お会いしただけだったが、口元に浮かべた微笑と、鋭い眼光、手にした真紅の薔薇（父が好きだった）の花束が、私の目に強く焼きついている。谷川俊太郎氏の父上、徹三氏を銀座でおみかけした時も、同じ感覚であった。お二人とも稀な魅力をもった方であった。

万博の翌年から父は体調を崩し、いわゆる病床生活にはいる。大きな事柄の連続で、疲労が極度にたまっていたにちがいない。病院、自宅、稽古場、劇場、行く先はいつも同じだった。父は晩年演出に力を注いだ。

——昭和四十九年、『スカパンの悪だくみ』（モリエール作、鈴木力衛訳）の演出途中でも発熱し、中村医院から稽古場に通い、小康を得て『海神別荘』（泉鏡花作）の演出。

この頃から彼は鏡花の世界に興味を持ち、彼の没後「山の樹」誌に岩波書店刊行の『鏡花全集』の編集に拘っておられた村松定孝氏が追悼の一文をお寄せくださっている。『海神別荘』の初日のことをお書きいただいたものである。（『双影』）

以下は村松定孝氏の追悼文の引用である。

——同年（昭和五十年）十月五日、初日を迎えた三百人劇場の入口には六時半の開演を待つ若い観客層が、黒山の群れをなしており、鏡花文学の生命の永遠を思わせた。六時二十分頃入口のドアが開かれ、黒山の若き人群れは、それぞれ紅潮した面持で受付に殺到した。（中略）

佐藤氏（現団演劇協会のマネージャーの佐藤正隆氏）から芥川さんが今回の演出には病を押して力闘されていたことを聞いていたので敬虔な気持で目礼を交わし「鏡花をとり挙げて下さったことはわがことのようにうれしいです」とだけ手短かに申しあげた。その時の芥川さんのご返事は「父は鏡花が好きでしたから」の一言。まもなく、開演のベルが高鳴った。そして、この一言が私にとって芥川さんの最後の言葉になってしまった。

「雲」の『海神別荘』は原作をいささかも、そこなうことのない見事な出来栄えで、俳優一人一人が鏡花の創作意図を充分に生かし、それぞれの役柄にふさわしい演技を発揮していた。その後、芥川さんは病にめげず、『夜叉ヶ池』の上演も果された。父君芥川龍之介は他界する前夜まで鏡花全集を開いていたという――。

父の『夜叉ヶ池』の演出は、劇団「雲」から離れた後の演劇集団「円《えん》」での公演となった。呼吸困難を幾度も繰り返しながら、病院で「生きているのが不思議」と言われる状態にもかかわらず、彼の執念で上演までこぎつけた。「車椅子での演出」とマスコミにとりあげられたりもした。

彼の闘病の、肉体的、精神的な苦痛は、それを見ている家族にとっては耐えがたいものがあった。『夜叉ヶ池』をどうしても演りたいという彼の思いを家族は必死で叶えようとしていた。細かい事柄や、それからの父のことは『双影』に書かれているが、母は殆んど父と一体になって月日を送っている。父の病気との闘いは、母の闘いでもあった。

――「おい、そこに坐れよ」夕方で食事の時間も迫っていて気が気ではない私を引き止めて、鏡花の部厚い本を持って、寝たままのいつもの姿勢で、朗読が始まる。鼻には相変らず酸素吸入の管を通したまま。

舞台に茅屋《かやや》の一構《ひとかまえ》、小家の半ば、煤け障子をしめ切りて、ここが納戸のこしらえ、半分を店にして炉を切り、茶釜をかけ、傍らに駄菓子の箱二ツ三ツ。越前の国中の河内の麓、武生郡虎杖在《いたどりざい》、村山松三郎が侘住居。炉の傍に、老母おとし、賎しきみなり、ちゃんちゃんこを着、古手拭をかぶり、糸車をひいている。……

彼をみていると、朗読しながら、もう鏡花の世界に這入っている。構想は次から次へと湧きあがり、時折私語を混えながら彼の述べる情景は、夕暮の病室の中で次第に生きはじめてくる。「あまり喋舌《しゃべ》ると、あとで息が苦しくなるから……」などと言えなくなる。その時が彼には大事なのだ。残り尠い時間のそこにしか彼の生きている場所はないのだから。

彼の内部からあふれはじめる劇の世界。

深沙大王の祠《ほこら》のあたり、薄ぐらい背景を背負って、幽かに出没しはじめる猿、鼬《いたち》、翁《おきな》、紙雛等は、踊りはじめる。登場してくる人間たちも、その対話を交し、その身振りとともに彼のことばのなかに息吹きはじめる。……

　ここは二人きりの劇場だ。頃合いを見はからって「ありがとう。私一人のための贅沢な観劇でした。さあ、お食事にしましょうね」と立ちあがる。私は台所へ行く廊下を歩きながら、溢れてくる涙をとめようがなかった。

（『双影』）


父はこの時、泉鏡花の『深沙大王』を演出する目的をもって生きていた。というのは、次回作を決めると、彼は必ず芝居に対する執念でむかっていくという事を、劇団の方がご存知で、『深沙大王』と決めて彼に伝えていた。父も、とても興味をもっていて、演出への情熱をかたむけていたのである。私はこれが、父の演出する舞台の最後になるかもしれないと、ひたすら公演を信じていた。この時の母の気持を思うと、私もたまらなくなる。

　父はやがて呼吸困難になり入院、そしてその後、誰もが疑うほどの稀な生命力で、人を驚かせ、笑わせ、死後の冷静な指示を出し、気をつかい、注意を促し、最後まで演劇人として生きた。皮肉にも父の死までの距離が縮まれば縮まるほど母と二人でいたあの青く、若い頃が甦り、二人の時間はどんどん増えていったのである。

　――彼は私に言ったことがある。「また詩をお書き」そして「お前をそろそろ解放してやるよ」。

私は返事をしなかった。「解放」などされたくはなかった。

一九八一（昭和五十六）年十月　六十一歳で彼女の夫は永眠した。

（『双影』）

晩年

母が詩誌「無限」に度々随想や詩などを書くようになったのは、父の亡くなる前後だったと思う。

――西脇順三郎先生に、はじめてお目にかかったのは、昭和五十二年九月二十八日、信濃町の「無限アカデミー現代詩講座」参観（？）の折であった。―その頃主人は杉並の清川病院から、手術のため慶応病院に移ってきていて、私は夕食に間に合せるため、好物など持って一日おきに病院へ通っていた。病院の安静明け(面会時間は午後一時から三時まで)の時間を利用して、時々出席できたわけである。

（『無限』一八八三年七月）

と書いている。慶応病院は信濃町にあるので、好都合だったのだろう。そして、

――二度目にお目にかかったのは、昭和五十二年、十二月六日、田村隆一氏の「無限賞」のパーティーの折であった。慶光院さんのお誘いを受けて、相変らず病院の六時の面会時間が終ってから、会場へ駈けつけた。

（『無限』同）

と、パーティーの様子に触れている。この文章（随想・「邂逅」）から、草野心平、田村隆一、西條嫩子、今関久美子、池田満寿夫氏などとの交流があり、父の病院通いの合い間にちょっとした解放感と、自分の世界をもっていたのがわかる。

――「無限」の四五号、三十周年記念号「女が詩人であるとき」の誌上に、池田満寿夫氏が、西脇先生のことを書かれている。「私は女である」こう仰言ったという先生のお言葉は、興味ぶかく読ませていただいた。池田さんは、「私は女である」を御自分の宿題としていらっしゃるようだが、私の内側でも、私の宿題として、別の意味で発酵しはじめているものを感じる。

先生の偉大さは、八十八歳の青年のものであり、「彼の眠り」は「静かな宝石」となるのではないだろうか。浅学の私など、こうしたものを書かせていただくのは面映い思いがするけれど、詩の御足跡は、永くかがやいて消えることはないだろう。

（『無限』同）

母の詩心の炎は、いつでもチロチロと揺れながら、消えることなく、時には一瞬激しく燃えていたにちがいない。

「無限」との関りの中で、彼女は今までとは違った新鮮な空気を吸いはじめたようだ。

そもそも母の女学校時代の憧れの上級生だった慶光院芙沙子さんが、「無限」の編集をなさっていたというのがきっかけだったから、これも何かに導かれたのだろう。


——鎌さん、三枝子さん、私はこう呼びかけて思わず微笑してしまうのです。十五歳頃の私に還ってしまうからです。乃木坂の山脇高等女学校時代のことを思い出すからです。

（中略）暑中見舞のおはがきをいただいて、慶光院さんが、むかしの鎌さんだったとわかったのは。とてもびっくりしました。

（『無限』一九八二年四月）


「無限」一九六四（昭和三十九）年の現代女流詩人特集に「悼む」という題で、コクトー追悼の詩を書いている。「無限」には何故か「邂逅」という題の随想がいくつもあり、これは五十代に集中している。

母がコクトーの映画『オルフェの遺言』を観たのはまだ父が存命中で、入院中の父に見てくるようにと言われ、父に代って行った。

後で、映画について父に聞かれた母は、「映画とか芝居は観るもの。書いても喋っても私は駄目」と言っている。父のことを話上手、私は口下手、父があの映画を観られたらどんなにいいか残念でたまらないと。

「無限」に書いたコクトーの追悼の詩「悼む」は、母が観た映画を、父のためにに書きのこしたように思えてならない。田端時代から、二人はコクトーについて語りあったりしていたのだから。

母はこの詩について興奮のせいか生硬さが目立ち説明的であるとしている。

悼む

去年　晩春　あれはいつの日――　東京の一角　仄ぐらい映画の試写室――　軋む椅子
与えられた　あの時間――　直立する　ジャン・コクトオ――　とおい夜空　はなやかな
打上げ花火　幽かに――　けれど　胸ふかく　派手に炸裂する「美」への招待――　「オルフェの遺言」

督智の女王　ミネルバの怒りの槍　射ぬかれる詩人の心臓　ハイビスカスの紅　不死の

思念――　全き生への拒絶　全き死への拒絶――　殺されては甦り　魂の彷徨《さすらい》は　永遠《とわ》に
つづけられなければならないことを――　こころと肉が　把握してしまう　きらびやかな
荒涼とした　あの時間《とき》の裏側――　あらゆる仮面の　あらゆる素顔の　さだめがたい幸せ
の泪と　甘い冷酷と　見る者の――　会得

海の　泡立つ波間から　セヂェストは踊り甦る！　蒼ざめた黄泉《よみ》の国から　生き生きと
――　最もえらばれた　一輪のうつくしい薔薇のように――未開の野の　棘の木　駱駝た
ちの喰べる　その棘のように
詩人もたべる　痛い孤独を　愛する虚無を――　時時　取り出してみせる語彙《ボキャブラリー》の手品
語りかける　一流の気障　立派な皮肉　その身振り

誰がみたろう！　金の縫い取り服の　しゃれた地獄の門番が　手に持つ現世の活字の雑
踏を　現世の地獄の新聞紙を――　妖しい炎のなか　灼けながら生きてくる　写真の魔術
を　肖像にゆらめく罪のおもさを　金属の耳輪が叫ぶ情熱を――　おとなしい獣のよう
石に砕かれ　穴にその身を　純潔を　葬った　アンティゴオヌよ――　目を刳られ　白衣
に血の涙をながし　歩いてゆくエディプス――　風を　かおりを　透明な舟の帆のよう

イゾルデよ――　時代を間違えた女の警笛に　とび跳ねている男鹿たち――　黒い馬の鬣《たてがみ》を頭上に　画布の中から歩いてきたような若者の　すれ違うときの　涼しい凝視――　灰色の崖　砂けむり　警官たちは　白いモーター・バイクに跨り　正確な機械のように　疾走する――　滑稽な石像の口口から　紙の舌を　とめどもなく吐きだすマス・コミのお化けたち――　自らを裁くための　黄泉《よみ》の国の審問　夜の女王の手は冷めたい　法廷のゆるぎない実りのように――　罰の槍は　自らの手で　引き抜かなければならないことを――詩人は　槍を背に受けたまま　死の床から立ち上る――　新しい出発――　奇蹟はつねにどこかで　起こらなければならないことを――

ああコクトオは歩いてきた　国境を超えて歩いてきた――　軋む椅子の　側に立った――　衝撃と　こころよい感動が　大きな海辺の　砂つぶほどの数のひとつの　魂をゆすり　そして　それは捉えられた――

砂粒は　ことばの盲目《めくら》になるしかない

逝ってしまった　ジャン・コクトオ――　一九六三年一〇月一一日　それは巴里のお葬式――　揺れている花輪　捧げる花束は菊？　庭師　画家　唯一の養子　デルミットの

名を知った――　哀悼の棺《ひつぎ》　集る人人のこころの飢餓よ――　コクトオは　痩せた伊達な
背を向け　人人から遠ざかる――　見はてぬ劇の　苦い幕切れ――　然し　この詩人はか
えってくる――　舞台裏からこっそり抜け出し　うつくしい奇蹟に変身して　――拙い言
葉たちも　ばらや菊の花花とともに　埋葬しよう　いっときの　ささやかな祈りをこめて

（『無限』一九六四年二月）

母は父の死後、コクトー没後二十周年記念にジャン・マレー主演の映画があった時、観賞後のひとときをふりかえり、著書『影燈籠』に書いている。

――「コクトー、マレー」の終演後、草月会館を出て、Sさんと私は夕暮の雑踏の町を歩く。喫茶店で休み、亡くなられた詩人Kさんのことを話し合った。人と人との邂逅、別離、触れあいの不思議さ。これもやっぱり謎めいている。いったい私そのものが何？「有りて在るものさ」主人の声がどこかでする。どこから来てどこへゆくのか。育ちかたにしても新旧さまざま。あっちにぶつかり、こっちにぶつかり、何もわからず、さとり得ず、わかったつもりが迷いでいっぱい。そして、このまま私の不思議な余生は過ぎてゆくのだろう。

（『影燈籠』）

人とのめぐりあいが、母と詩とを再び強く結びつけたようである。母の文中にあるSさんとは三井嫩子《ふたばこ》さん（西條八十令嬢）、Kさんは慶応院芙沙子さんで、「無限」を通じて、三人の交流はいつまでも続いた。

母は昔に出会った詩、「会得」をもちだしてきて、同書に同じような心境を吐露している。

——私は十七歳のとき、一篇の詩に出会う。その頃はまだ北海道にいて、ひとりぽっちの自分を持てあましていた頃だ。少女時代に親から貰う小遣いは微々たるもので、そのなかから原稿用紙を買い、詩や雑文を書き、所謂文学少女で少女雑誌に投書し始めていた頃のことである。半こども
の頭で、たった一人で考えていた。「大人はどこか信用できない。現実には裏切りが多い」そんなとき、ある少女雑誌に毎月載る、海外詩紹介のなかの「会得」（ティースディール）という詩にめぐり合う。この詩はながい間、私から離れていかない。

会得

なべてほかの人をわれさとりぬ
されば日を受けて輝く浅き海の

波になびく灰色の海草の如く
その思考悉く明らさまにならぬ

されど君のみはわれさとり得ず
かの冷き海底幾月経りし西班牙《スペイン》船に
積まれしまま沈みたる黄金の如く
君の心の秘密はひそみてありぬ

Understanding

I understood the rest too well,
And all their thoughts have come to be
Clear as grey sea-weed in the swell
Of a sunny shallow sea.

But you I never understood, ——

若かった私はただ比喩のうつくしさに心を捉えられ、空想を膨らませ、浅い海底に陽のひかりをうけてなびく灰色の海草のゆらぐのをみつめ、海底に沈んだ廃船のなかにひそむ人目につかない黄金がみえていた。古めかしい文語体の詩は、実はどうということもないのかも知れないが、年月とともにこの詩が私の中で変化してゆく。「さとり得ぬもの」「謎」のことを考えはじめた。恋愛詩かも知れない「君の心」が時どき私の神にもなっていたようである。「さとり得ないもの」「謎」によって私はいままで生かされてきたようにも思う。わかったつもりのものが何もわからなかった。自然に生かされ、生きてきたように思う。

（『影燈籠』）

父がいなくなり、ひとりになって思うことは沢山あったのだろう。「無限」との関係は、母なりに考えるところがあったのか、積極的に会合などには出なくなり、一人で机に向って書いている事が多くなった。それが、長い間家にいた習慣（？）によるものか、まだ父に気をつかっていたためかは解らない。詩誌などに一寸書いたりおつきあいのあった方からのお誘いもあって雑誌、その他のものに原稿を書き、別に依頼があると迷わず引き受けていた。解放されたくないと言っていた母であったが、日常の雑用から解放されて、許すかぎり自分のために時間を費やしていた。文章や詩を書き、ほうぼうの劇場で演劇を観賞し、展覧会に足を運んだ。

ただし、彼女には一つの役目が待ち受けていて、それを熟《こな》さなければならなかった。ある方に「貴方は二人を背負っているから大変よ」と言われたらしいが、龍之介と比呂志に関わる仕事があったのである。二人についての問い合わせに対応したり、必要に応じて方々に出向き、龍之介についての講演までしなければならなかった。「口下手の私が…」と恐縮しながら、知り得る事を懸命に喋っていた。

そもそも母の三冊の著書は、芥川の人々をよく知っている人は母だけとなり、それを伝える義務を果さなければという深い思いの上に成り立っていたようである。古い昔の本や資料を探し出しては書き留めていた。三冊の本には重複している部分が多々あるが、母しか知り得ない事柄があり、家族にとっては辞書のようでもある。その他にも、父の書簡集や写真集などもまとめている。書簡に至っては「よくこんなに沢山手元に残しておいたものだ」と言われ、何でも捨てない、捨てられないという母や家族の性癖ゆえに出来上がったと言ってもいい。

父が「また詩をお書き」と母に言っていたことが、彼女の頭からひとときも離れなかっただろうが、いつまでも芥川の家や、父の事なども気にかかり、彼女自身じつは解放されたようで本当の解放はされていなかったのかもしれない。それでも母の詩をどこかで読んでくださった方からのお手紙は、母の元にちょこちょこ届き、詩集なども送られてきて、彼女の部屋はそういうものでいっぱいになっていた。「山の樹」時代の村二郎氏を師と仰ぎ、詩誌「朔」の主催者である圓子哲雄氏は自身の詩集や「朔」を送ってくださり、現在も美しい詩を書き続けていらっしゃる。

父が亡くなった時、母は六十五歳、その一年後、比呂志没後一周年に『比呂志書簡集』（一九八二年）を、七回忌には『写真集』を出版している。そしてその間に三冊の本を出版し、今までの事柄を思い出すかぎり、心情も混えて書き遺してきた。その頃には、もう七十五歳を越えていた訳で、自身の詩作など、この十年間が母の一番の執筆活動といってもよい。その他は、母が言うところの、〝ごく普通の平凡な生活〟で、自分の身のまわりのことや、別棟に住む私達家族と一緒に出かけたり、たまには友達と遠出したりして過ごしていた。

その中で、詩誌「山の樹」との関りは細々としていたが、父の追悼号には、「風の熄《や》むとき」と題して、かなりの長文を書いている。

——彼と暮してゆくには三役ぐらいは必要でした。仕事をする主人に尊敬して従う時点で、彼は私の主人であり、彼の芝居の評（これに対しては彼は決して、いつものように怒ったりはしませんでした）などを忌憚なくするとき、彼はとても機嫌がよく、私は昔の私たちの「本作り」

の頃に還った彼を感じたものです。彼の博識（？）や、演劇の専門的なことは、もちろん彼のほうが上の立場であることは判っていても、私は私なりに自分の感じたままを遠慮なくしゃべると、彼はよろこんできいてくれました。そして、「初日には必ず観にこいよ」は、ずっと続きました。私の詩的な（勝手にそういう言い方が許されるなら）表現のとき、彼は風になるのです。私の気ままな時間帯のなかで、彼とこころの会話をしているとき、私はまったく自由でした。（中略）

四十年、いえ、幼い頃から数えると、もっともっと長い年月は夢のように過ぎました。亡くなる二、三日前、病室で用事をしている私に向って主人は、ふと思いついたように言いました。「また詩をお書き」私は同人費が滞納になっていること、今、詩どころではないことを告げると、「詩をかくということは、発表するとか、しないとかの問題じゃないだろう」と言いました。私は若い頃、ひとりで書いていたノートのことを思い出していました。そして、このことは、主人の私への遺言だったと思っています。

（『山の樹』一九八二年　四五巻　五二号　芥川比呂志追悼号）

彼女が父の遺言と言っている「詩を書くこと」は、どちらかというと二の次になってしまったようだが、『双影』出版後に、詩誌「青衣」の比留間一成氏より嬉しい贈りものがあったと、次のように書いている。

――昭和五十九年の四月、思いがけないお手製の詩集が届いた。詩誌「青衣」の比留間一成氏が、酔余の一興に作ってくだすったらしい黒い表紙の詩集で、「酒なれば極上等のVIN…」云々と扉に書かれていて、私の「いのち」をはじめ、数篇の詩がはいっている。『薔薇』以後、詩集を出していない（出せなかった）私への、お心のこもった贈りものだった。

主人のたび重なる病気の看護、その入退院の繰り返しのなかで、経済的にも逼迫し、まともに現実の渦中にあったから、詩集を出すなどの余裕があるわけがない。だが、「山の樹」には数篇かの詩を書いて送っていた。現実との格闘のなかで、空白の時間のなかに詩が生まれた。ある瞬間、別の世界の住人となることで、逆に私は種々の困難を乗り越えてこられたのかも知れない。

（『青春のかたみ』）

「詩はもういいわ」八十歳を越えた頃だったと思う。手元に届くいろいろな「詩集」を手にとり、「いい詩ね、これ」とか、「これ読んでごらんなさい」と口にする事があっても、書こうという気力がなくなったのか、日々の雑用だけで精いっぱいになったのか、母が机に向うことは少くなった。「詩を書かないの？」文章の依頼ばかり受けるうちに、詩から遠ざかった母にたずねると、「そうね、書こうかしら」と気のない返事がかえってくるばかりだった。父がいなくなってから、昔の母も一緒にどこかへ行ってしまったようだった。彼女の日々は、〝自分の事は自分でする〟こと。それは頑固なまでに守られ、私の手すら借りようとはしない。今考えれば、父への看病をする我が身を振り返り、人に迷惑をかけまいとする一心だったのかもしれない。「皆で迷惑かけあって生きているのだから」と私が言っても聞きいれない。いつものように何変わることなく日常を過ごしていた。

ある日、彼女がふとつぶやいた。「私これでいいの。パパがやってくれたから。パパと二人でやったのだから」

遠い日の二人の情熱が長い時を経て結晶になったのだった。

「こんなに長く生きると思わなかった」と彼女が言ったのは九十歳の誕生日のことだった。それから一年後の八月一日、母は永眠した。八十八歳の時に癌がみつかり、緊急手術をした後もリハビリ等に努力して回復、いつまでもお洒落で楽しい母だった。晩年はおだやかな日々であったが、身体の自由がきかなくなってくると、読書に明け暮れていた。欲しい本や、読みたい本があると私や孫に頼み、母のまわりは本だらけになったのだった。

ある夏の日、私はいつものように母を車椅子に乗せて押しながら散歩に出た。遊歩道を歩く二人に夕焼空が広がっている。母が急に言う。「走れメロス！　もう時間がない」私は思わず車椅子を持つ手に力を入れ、走りだした。どんどん、どんどん、「メロス！　走れ、時間がない」車椅子に乗っている母と、押している私の涙はとまらない。夕焼空の下、流れていく草木の間を風が通りすぎていった。

——内なる芸術の炎の燃えている限り、軽卒な価値判断などできないだろう。ましてほんものの芸術は現実の値段などでは計れないものを持っている。

（『影燈籠』）

瑠璃子詩篇

1930～1940年代

わすれもの

むかしむかし　女の子はちひさなものを愛してゐました。千代紙のきれつぱしだの南京玉だの　人形の眸だの　葩《はな》だの　みんな女の子のおともだちでした。女の子はそんなにも　ちひさなものをもつにふさはしいこころと　てのひらをしかもちませんでしたから。けれど　いくねんかののち　女の子は忘れものに気がつきました。それはおほきなあかるさと倖せのふたつでした。

私家版「黒」（昭和十二年）

さくら

お寺にあつた桜の幹は　ちやうど子供がふたり　手をつないで廻したほどの太さがありました。子供たちのお父さんのお墓は　いつもつめたい恰好で　子供たちが桜の樹の下でふざけてゐるのを　ながめてゐるやうに思はれました。お寺の桜はその散りぎはが　どんなにかきれいでしたでせうに。子供たちは時折　ただいかめしい桜の幹を思ひうかべるにすぎませんでした。

私家版「黒」（昭和十二年）

木馬

木馬　木馬
頸のまはりの　鈴二つ三つ
大いなる掌　色さめし手綱をとれば
鈴鳴りいでぬ　からからと。

木馬　木馬
その昔《かみ》は　なれより丈ひくき童《わらべ》の
いまは　なれより丈たかく
あまつさへ　手綱とる若者は
この秋にして　ものもおもふと。

木馬　木馬
鬣《たてがみ》はほこりめき
とれたる片耳　かけし轡《くつわ》
三和土《たたき》小暗きそのなかに
乗る人のなくて　動きゐぬ。

私家版「ぺりかん」（1）（昭和十二年七月）

寓話

池畔の楡に　星あかり
寡婦は　石楠花を一輪胸に
裾襞《アルクルール》をはためかせ　うきうきと
祈禱書もわすれて　外出した

閉めわすれた　扉口から
蔦を鳴らして　西風がしのび入り
慌てる下婢の　健康を愛でながら
玉葱の匂ひといつしよに　出ていつた
燭台の乏しい光明を　闇に奪つて。

「四季」(昭和十年十一月)

骨牌《かるた》

華奢な兵士は
邪慳《じやけん》に投げだされ
眩暈《めまい》でもおこしたのか
短剣で
女王の薔薇を刺しました
あたしのちいさな倖せよ
王様の御機嫌がななめなので
つぎのカードで
ハートが躊躇してるのかもしれません。

「四季」(昭和十年十一月)

少女に

中條姫のお話は
あの頃のあなたにとつて
いちばんかなしいお話でした
家も窓のそともあたたかく
すもいろにつつまれて
ねむたげであつた春の頃です
やはらかい前髪に
せるろいどの花櫛がかざられて
双の手の持ちものはすべてちいさく
あなたは
古風なこどもであつたのに。

「四季」(昭和十年十一月)

かざりまど

ぜんまい仕掛けの
小禽《ことり》が啼いて
玩具やの朝がくる

色紙の花輪も
人形の頬も
ほのぼの

金銀のもーるの波に
おさなごの夢を積む
おらんだ船の憩ひ

「四季」（昭和十一年三月）

お弔い

子供たちの古い雑記帖のなかで
数字や　花や　似顔画といつしよに
二匹の犬が遊んでゐる。

片耳の犬を描いた子供の一人が成長して
こんなに雨のはげしい日
白い　濡れた花輪を送られる。

「四季」（昭和十二年四月）

春の挿話

春がきて
旅人は　色地図を捜し出した
片眼鏡《モノクル》のなかに
もう　躑躅がきらびやかに　咲いてゐた

去年のやうに
鰯の缶詰と　パウル・ハイゼの小説が
豚皮の旅行鞄に入れられる

「四季」（昭和十二年四月）

初七日に

階下から
子供達の騒ぐ声が聞えてくる。
今年は花の咲かない
庭の百日紅《さるすべり》。
このうつろな静けさとは
どこからくるのか。
高齢の人二人逝いて
急に青く見えだした座敷の中。
机の抽斗《ひきだ》しに
おかたみの錆びた小鋏がしまはれてゐる。

初七日の晴れた朝
私は爪を剪る。

私家版「ぺりかん」（2）（昭和十二年八月）

成長

陽の光を　掌にうけて
飲んでゐる　子供たち
だから　彼等の頬は
林檎いろなのです

うつくしい　天使の飢餓は
彼らの　遊びの輪を通り抜けて
また　天国へとお帰りです

私たちは　観るでせう

方々の町角で遊ぶ　子供たちの眼の中に
光りに　向つて走つてゆく
さまざまの　金色の馬車があるのを

「婦人文庫」（昭和二十二年三月）

鹿

Ⅰ

若草萌ゆるホテルの壁紙で
鹿はその背中に　雪白の十字刺繍をほどこされてゐる
黄昏になると　その眼は大粒のビイズに　変化するのかも知れない
詩人は　そんな布地で手提げを作りやさしい少女におくりたがる

Ⅱ

鹿の眼は　いつも濡れてゐる
花花の謎を　知るゆゑに
鹿の鼻は　いつも濡れてゐる
星の　にほゐを嗅ぐゆゑに

「婦人文庫」（昭和二十一年七月）

水車小舎の春

春たちかえる山裾に
水車の止り唄もなく
粉ひき小舎の軒下に
うつぼ菫《すみれ》の咲きいでて
風見の鶏の西東
刻《とき》を告ぐるも哀れなり

春たちかえる山裾に
ぱんの匂いかたそがれを
大きな月ののぼるなり

（昭和十六年春、也寸志作曲）

１９５０～１９６０年代

小さな魂の話

——デュモリン神父さまに捧ぐ——

ある所に　臆病で小さな魂がありました　ある時——神父さまの目の中に厳しく優しい啓示を受けて　悦びながら美しい未知の世界に旅立ちました

明確な大空——　明るい大洋　輝く山脈　それらは始めて見るもののやうに新鮮で又　昔々から知つていたもののやうに親しみに溢れてゐました　魂は歓声をあげながら行きました　それはアフリカの原野　珍らしげな野獣の群れ　欝々と沈む密林　土人の叫び　天の裂け目から突然来襲するスコール　怪しげな虹　風は臨終の咽喉のやうに鳴りました　また　不思議な支那の町角　燃える赤と凍つた青に隅取られた祭の　脂ぎつた哀しい喧燥——　爆竹の唸り竜神の踊り　そこには群衆の汗の匂いが漂ひ　疲れた夜は透明な暁の後に吐息のやうに隠れます

やがて　香ぐはしい夜明け　朝が再びささやかな地上の隅にやつて来ます　日々の営みに蟻たちは炎天の下　黒い鎧の兵士さながら謙虚な挨拶を交すでせう　小さく狭い眠り草は　紫色の舌で餌食を狙ひ　砕かれた硝子のやうにキラキラした花の露は　泪をしたたらせ　香りたかい土に死にます

小さな魂は　子供のやうに目を見張り叫びました――何てすばらしい世界だらう　何て偉大でうつくしい数々のものに溢れ含まれた世界だらう　と――そこには数知れぬ物事が既に在り　この一瞬から始まり終り　そこから続き　ゆく先は永遠である　と――小さな魂は祈りました　この日の糧　明日明後日《あさって》を生きるため

「山の樹」（昭和三十二年七月）

お弔い

このしめやかな儀式――　柩に花花が投げられ　確実に釘がうたれます　人人は幾度かその音をききました　限りない虚空に　鞄を持たず　動くことのない石のように縛られるこの日――　烈しい雨であろうと　快晴であろうと　人人は弱い獣のように沈黙します

昔――　豪華な繻子張りの　天蓋つきの寝台の中で　一国の王様が亡くなりましたまた　荒れた戦場で　雨風に叩かれ　鴉の群れに啄ばまれ　腐っていった兵士の骸《なきがら》――薫香と　腐臭のなかに

嘗て　美しい恋を悩んだ魂　いとけない幼児の魂　陰謀に疲れた魂　仙人掌の棘に似た悪女の魂　清新な魂　奔放な魂　そして　幸せな不幸な魂の数数――　呻きながら

叫びながら　わらいながら　泣きながら――　その亡霊たちのさざめき　遠い彼方から
揺れてきます　またひとつ　数に加えられる仲間のため　数千数万の手を差しのべて

人人は祈り　囁き合い　胸を閉ざして固く見詰めあいます　きめられた儀式の前に
――　やがて　別れます　忘れます　この日が呵責なく　しかも慇懃にやってくるまで

「山の樹」（昭和三十三年六月）

会得

もの憂い　午さがり
これは
一枚の　古びた　絵

大海の
底に　沈んだ
難破船よ

仄じろい　光のさす　船室に
令嬢は　かがやく　肉体を

くずれた　薔薇のように　埋め
宝石商人は
宝石を　貨幣を
革の袋に　握つたまま
外国の　将校は
生涯一度の　狼狽を
死を　叱咤した
うつくしかつた老夫婦
かつて
胡桃の　殻を　つよい歯に　砕き
もえる　太陽に　笑つてみせた
勇敢な　船員たち
肋を刺す　大気も
暁の　祈りも
夕の　心の　希いも
あらゆる　予想からの　一瞬の断絶――

凪いだ　海
鳥の　さけび
難波船の　死者たちは
しだいに　その生を　とりもどし
やがて
燦然と　蘇りはじめる
その　さざめきは
古い　一枚の　絵を　抜けだして

「詩学」（昭和三十四年七月）

ひとに

イギリス風の美貌には
青ざめたばらの花が　ふさわしい
木彫の蔦は　あなたの椅子の装飾のまま
その背をいためないために成長をやめた
絢爛たる理智よ
「死」までがあなたの微笑のそばに　従えられる

「薔薇」（昭和三十三年十二月）

薔薇

薔薇は　大地の　企みを　盗み
かぐわしい花花の　誕生を　謳う

めざましい炎
人間の命《いのち》
苦しみの泪を　叡知に　溶かせ
犇めく言葉に　芳醇を　探せ
自らの　牲《にえ》となれ
残酷と　愛とを語れ
欲する不具を　呼び醒せ

薔薇は　大地の　企みを　盗み
かぐわしい花花の　誕生を　謳う

「薔薇」（昭和三十三年十二月）

遊園地

爽やかに　楡の葉揺れを映す池
黄色い睡蓮を　波紋に浮べて
亀たちは　ものしづかな旋回をつづけた

古風な楽隊が　暗い建物の中で
忘れられた行進曲を　奏ではじめると
廻転木馬は　稚い軋みのうちによみがえる

猿の叫ぶ檻に近く　博物館では
貝殻が　木箱に眠り

剥製された小禽たちは　乾いた枝に首を傾け
みんな物哀しい目つきをしている

黄昏の中に　人人は帰り
深い夜が訪れると
微かな物音や　羽搏きや匂いには呪文がかけられ
この遊園地は消えてしまうのかもしれない
欝欝と茂る　木立の向うに

「薔薇」（昭和三十三年十二月）

仔鹿たちの祈り

風に吹かれる葡萄の蔓が
僕たちのやわらかい角に触れるとき
美しい秋の終りで　ありますように

村娘の豊かな編み下げ髪に
かぶさる大きな帽子のような
昼の月が　消えかかるとき
僕たちのたのしい憩いが　みつかりますように

いつか　僕たちの蹄に踏まれた哀れなばらが

見知らぬ猟人の　上衣の釦穴に挿される夢も
ほんとに嘘でありますように

「薔薇」（昭和三十三年十二月）

ひとつの愛

いつ
どこからか
それは　名もない
蔓くさの　よう
のびて　のびて
絡まり
あることすら　分らず
すきとほり
こころは　洗れる
かづかづの

反きの　笞《しもと》に遭い
しづかに　哭き
しづかに　耐え
ほどこしは　知らず
酬いは　知らず
奢る死に　臨み
その極みまで
狎《な》らされた　けもののように
ひたすらに　ひたすらに
汝を　慕ふ　と

「薔薇」（昭和三十三年十二月）

暦のうた

鏡の中で　暦がうたつていた
繰りかえし　繰りかえし
もう二度と来ない　私たちの
月曜を　火曜を　水曜を
嘘に失つた　空しい日日を

日日は　一枚づつ衣服を脱ぎ捨て
若者の誇りに満ちた冒険と　期待は裏切られ
ものかなしい智恵と　徳とが
鏡の中に　灰色の枝枝を拡げはじめる

逞しい土壌は　草の芽を萌えたたせ
青い麦の穂は　針のように輝いていた
北風が　薄い唇で口笛を吹くと
町中は　雪の予感に顫《ふる》えた

かつて　この鏡の中に　花束を抱いた青春が
幾度　通りすぎたことだろう
年齢は　尊く　醜く　光りながら　萎えながら　在るがままに朽ちる美しさも
知つている
鏡の中で　暦がうたつていた
捨てられ　忘れられ　空しく　けれど時折はかがやく　私たちの日日のあつたことを

「薔薇」（昭和三十三年十二月）

星のうた

むかし　アフリカの沙漠の涯で　アルチュル・ランボオのみた星星――　完成の頂きから　再び返らない礫となつた野人よ　その常に新しい出発　未開の土人の群れや貿易商に入り雑り　踵を焦がし灼熱の太陽に耐え　悪疫を背負いながら　謎と無垢にはげしく生きた詩人　彼はこの世の奇蹟の証しを示す

いま夜空にかかげられた星星のすがた　それは星占術師の魔力による妖しいまでのことばとなつて　私は囚《おとり》のように魅入られる　途方もない人生の通行者ランボオに。息を潜め鮮やかな方向にむかつて　吹き抜けるひとつのかがやかしい　生

――生紺青の空のもと　黄金なす大海よ　かがやき流れる水死人たち　不吉の鴉　狂乱

の音楽　強烈の開花
——岸辺のほとり　柳のかげよ　糸松よ　月光よ　見知らぬ森に獅子の眠り　淵に咲く
百合花の陶酔　妙なる失神
——純なる欲情　しなやかな愛慕　獣の傲慢　人間の堕落　祈禱よ　墓穴まで運ばれる
美しい貪婪

夜空にかがやく星星よ　健やかな原始へのあこがれを映すそのすがた　人人は見るだ
ろう　人人の滅びるまで何年も

「薔薇」（昭和三十三年十二月）

風のうた

I

星星はみた　川面に仄ぐらい影を曳く木立から　野末に向つて　旅立つ風を。
風はゆるやかに爪先きで伸び上り　翼のように腕を拡げて　とび立つ
風景は　旋律のように　揺れた
風は　櫟林に分け入り　速みやかに出でて　たかく青空に祈り　地に菫を嗅ぎ　野末の粉挽き小舎をみる
——素朴よ　水車のひびきよ　ひとつの範疇のなかに　年を見失つた粉挽きの鰥《やもめ》よ
風は　風見の鶏に接吻して　駈け抜ける。鄙びた村は　まだ眠つていた。風は呟く
——わたしの夢みた憩いの場所　あれは何処？　わたしの仲間たちは？　わたし達は常におののき　昂まり　或るときは微笑し　嘲笑し　喚き　苦しみ　呻き　息絶える。
ああ　その場所　わたし達は無限に生れる。無限に死ぬ

唐突に　大きな命令を受けたもののように立ち上り　アラヂンの魔法のランプに住む大男のように　行く

行方を知らず　大空に腕を拡げ　或る時は潜まり　走り　そして死ぬ。或る仲間のひとりが海を渡つた。仲間のひとりは海上で　大勢の仲間と出遭い　鎖のように腕を固く取り合つて　大洋のさ中へ躍り出た。無数の仲間たちと　海を大布のように揺すつた。

仲間たちは何時しか空虚な哄笑と喚声をあげ　運命は巨大な笏となりて海上に落下した。大布の一端が裂かれ　船はその中に沈む。いくつかの恐怖と呪咀と　痛ましい未練を乗せて。仲間たちも悲嘆と諧謔に狂気めき　叫びながら海を渡つた

やがて　風は力弱まり　仲間たちとも離れ　未知の港に這入り　ある場所でゆつくりと死ぬ

Ⅱ

風少年は　さやさやと身を鳴らし　宿命的に唄いながら歩いて行つた。開かれた窓から　流れていた音楽　風少女の弾くピアノ

メンデルスゾオンの柔軟な魂　この世の倖せ　風少年が把握する風少年の夢の在りか

を。風少年は昇天する。幾度も繰り返される李色の春のさ中に。風は呟きながら橋を渡る。町角を曲る。空はもう明るみはじめた
——急がなくては！
風は次第に弱まり　終によろめき　腕を垂れころげ込む。開け放たれた　一つの貧しい窓の中に。
——おお　わたしの憩いの場所
風は牛乳罎に活けられた　窓ぎわのロベリアの花の中に倒れた
——風だつたのかしら　それとも亡くなつたあの人だつたのかしら幾年か秣《まぐさ》の束のように実直に　雲雀のように快活で　鋼のように勇敢に生きた　いま病身のこの老婆はささやかなある事件のために　目醒める
消え残つた星がひとつ
地上には朝がきた

「薔薇」（昭和三十三年十二月）

別離

別れきて　眉あげぬ
聴《さか》しらに　別るるも
佳きひとの　挙動《ふるまい》も
別離ゆえに　尊とかりしを

「薔薇」（昭和三十三年十二月）

夢

荒れはてた　知らない道に
薔薇は　呆けて這い
灯のつかない　門燈に
蜥蜴は　不吉に　動かなかった

湿った　風が
古い寺院で　鳴っていた
苔の澱んだ　池に
水蓮は　氷ってしまつた
とび交う蝙蝠は　鈍い金属のように

噴水は　音のない羽搏きのように
庭を横切る　僧侶は　衣の影を曳き
鳥のように　掠める　笑う
陰気な館に棲む　吸血鬼と化し
長い爪に　私の心臓を　刺し貫く
幾度かの　死を　確かめるため——

「山の樹」（昭和三十五年五月）

怪

ゆきかよう　ひとびと　ゆらり　せかせか
水槽の　さかな　藻　よろしく
かおのない　客　のせて
くるま　うつろを　きり
店に　くずれた　看板は
宙に　あせ　呆け
凪の　さけ目より　ほのぼの
一軒の　花屋の　瓶に　水は　くさる

ほこり　はためけば

やせた　街路樹の　青葉は　むせび
たけだけしい　ま夏の　枝に
あつい　鈍色の　舌を　たらす

たずね　指させば
ひとの　いう
ここ　幽霊横丁

「山の樹」（昭和四十二年七月）

若い夏

少年は　緑蔭に　伏して
光り　叢に　走り去る　蛇を　指す
少女は　傍らに　しぶい林檎を　啖み
太古の　エヴを　悟る

連らなる　山山の　高みに
雲は　悠悠と　湧きながら　ながれ
われもこう　ししうど　うるしの枝枝
熾《さか》んな　季節のなか　揺れてゐる
仔山羊は　濡れた目に　蝶を追い

崖したの　小川は　めぐり　さざめく
すべて　整った　高原の　ま昼
少年も　少女も　消えうせて
このひととき　鳴つてゐるのは　風ばかり

「山の樹」（昭和四十年十一月）

娘

その一

風が烈しいので　舌を鳴らし
帽子を　深く　かぶりたがると
ひとりぼっちに　なってしまった

湧きながら　眠ってしまった　町
地面　いっぱい　星屑だらけ
手袋を　丁重に脱いで
ひえた部屋に　かえりたくなる

軋む椅子に　坐ってみると

夜にむかって　すみやかに外される窓枠
さあ　魚のうろこを着よう
箒に跨って　欠伸まじりの　宇宙散歩

その二

絶たれてしまった　壜と　花
そこで　スケッチブックを　投げだす

愛と　無音と　たいくつと
日だまりに　芝生に　若い脚
傍らの犬は　いやな匂いがする

外国の　友人に　手紙を書こう
はねかえる水のような　オレンジを
いま　すぐに　喰べたいのです

ひかる海と　たちさわぐ空に
虹で　刺繍を　したいのです

「山の樹」（昭和四十一年四月）

玩具

——F子に

藤の花が　ゆれてゐました　卓上ピアノが鳴らなくなつて　黒い服をきた　若い母の外出する日が　多くなつてゐました

セルロイドの　赤い風車や　押すと　さえずりはじめる　ゴム製の鳩や　甲高くさけぶ竹の笛や　その上で　いくたびか　わらひ声を　きいた　絵本や　小さな手の　もちものは　陽なたの　木の実の　匂いがしました　触ると　双の目に　溶けていつてしまふのでした

風は　子供部屋を　とほるとき　きこえない子守うたを　きくでせう　揺りかごの　そばに　やすむとき　おもちやの　温もりを嗅ぐでせう

「山の樹」(昭和四十年六月)

お伽噺

――子供に――

桃太郎が　あるいている　犬　猿　雉子をしたがえて　日本一の　旗をたてて　宝の山は　金　銀　珊瑚　綾　錦　昔ながらの　うたを　うたい　鬼ケ島の　洞窟に　青鬼赤鬼の　宴の　かがり火

一寸法師が　あるいている　お碗の舟に　葦の穂は　そよぎ　川底に　ひかる小魚の群れ　お姫さまの裳　焚きこめた香の　もの憂く　清水寺の　桜　鐘の音
カチカチ山の兎　狸　柴かりの　柴を負ふ背に　崩れて　沈んだ　泥舟に　くりかえし　くりかえす　日の　あたたかさ

浦島太郎が　あるいている　亀を囲む　童たち　龍宮城の乙姫さま　鯛の踊り　玉手

筥の　あやしい澄し

舌切雀の　お爺さんが　あるいている　風の渡る　竹藪に　雀のお宿に　囀り　さざめく　ものがたり　大葛籠の　たのしいお化け

猿蟹合戦の　蟹　猿　栗　蜂　臼　田舎家の　裏庭の　甘いしたたりに　満ちた　柿の木

瘤とり爺さんが　あるいている　振りかざす斧の　谺をかえす　ふかい山　鬼の　酒盛り　瘤のように　失った得　与えられた損

花咲爺さんが　あるいている　兎と　亀があるいている　かぐや姫が　月に　のぼる
百合若大臣が　鷹と　語る　古語の　民話の　喰わず女房　笠地蔵　瓜子姫とあまのじゃく　うつくしい　日本の　お伽噺

「山の樹」（昭和三十八年四月）

少年

あつい風が　吹いていた
町かどを　飴売りの太鼓につられて　まがる
しらない小道にまよいこみ
破れ垣根にかいまみた　荒れ屋敷
狂わんばかりの　えにしだの黄黄のかたまり
仄ぐらい池は　青苔を澱ませて
羽根の抜けおちた　病み鳥一羽
片脚をたてて　石にねむる
こどもは　手にした絵本を　すてた

ふるさとが　池にしずんだ　あの日
素朴なやまがらの　ことばについて
谷をわたる　こだまのあたたかさについて
石臼の　かわらないくりごとについて
納屋の　干し藁の身ぶりについて
うたうことは　なくなった
あおいこめかみが　濡れていたら
雨のしずくか　拳銃が
ちょっと　いたずらしたのかもしれない
枕のそばに　干からびた葡萄のつぶが　ちっていた

「山の樹」（昭和四十三年八月）

花料理

年よりの　夫婦が
花料理の　話をしてゐる

クリイムにつかつた　薔薇のはなびら
お酢をふりかけた　はちす
バターカップはそのまま　ぱんに挟んで
こすもすのデザアト

船底のような　部屋で
夫婦は　仕方なしに

話も　分け合つて　喰べてしまふ

「山の樹」（昭和四十年十一月）

日記

―旅にて　Ⅰ

ロンドンの六月の朝はつめたい　ホテルの食堂の　淹れたての紅茶は少し鉱物質の味
がする　だからイギリス産の石は　深くてうつくしい色なのかもしれない
昼すぎ　夫とロンドン塔へゆく
繁華街と　全く断絶して湿つた城壁　大広間の天井ちかく上方の壁に掲げられた無数
の古い銃　槍　楯の類　戦いのための　殺戮のための道具が　どうしてこのように見事
なのだろう　それは絵ハガキに印刷され　写真に　うつされ　世界中の観光客が買って
ゆく　思ってみる　ふしぎな砦をゆるがす大砲のとどろき　倒れてしまった兵士たちの
空の叫び　城門に立つ将軍の手にする剣は　あの陳列棚の硝子越しにかがやいていた精
巧な獅子の象嵌細工のに違いない　心臓と真紅の薔薇と　甲冑の奥で将軍はなにをみた
のだろう

水滴のしたたる石の牢　罪人たちの処刑場　血の部屋　斧と首切り台　これは妖しい仮眠に似ていて　すさまじく音はひとつとして聞えない　みごとな無機物たちに　人間の血の匂いが潮騒のようにひろがるとき　ロンドン塔は　人間たちを呑み込む　それはまるで人間の影絵のように　とてもはかない年月の口のよう

狭い石段を下りて中庭に出ると　そこにむらがる夥しい鴉たち　健康さうな頰をした管理人は　舌打ちしながら兎らしい肉片を　投げ与えていた

「山の樹」（昭和四十四年十二月）

1970〜1990年代

日記

——旅にて　Ⅱ

いちど夢にみたと思う　コベントリー駅　一時十五分発の　二階だてのバスに乗り
ストラットフォード・エイヴォンに向う　陽のあたたかい平野　右に左に　放牧の牛
羊のむれ　ときをり　バスの屋根に　大樹の枝が触れる

エイヴォン河の畔　シェークスピアの銅像の前で　写真をうつす　ハムレット　ハル
王子　マクベス夫人　フォールスタッフ　岸辺の白鳥に　パン屑を投げている　恋人た
ち　日曜の家族たち

痛む歯をだまし　素人下宿イブシャム・プレイス九にゆく　愛想のいいこの家の奥さ
んは　花模様の壁紙の部屋に　案内してくれる　洗いたてのエプロンのよう　微笑をい
つも絶やさない

表通りへ出てみる　シェークスピアの生まれた町　通っていたという小学校　娘さんの　お嫁入りした家　昔々の台所　樫の　黒光りした卓は厚く　夜　誰も知らない時間に　食器のおとをきいたという　錫の　大きな　匂いぶくろを　支える暖炉　豚を丸焼きにする鉄の大串　窓のむこうは　匂うばかりに　季節の花花　老夫婦は　手を組み合わせ　ベンチにかがむ　側に豹のような大猫が

王室劇場の夜　しずかにこもる熱気　「お気に召すまま」のロザリンドは快活に　道化と　ばかな娘は　早口に笑い合う　「リア王」の俳優たちの衣裳は黒と金色　演出するトレヴァー・ナンは二十八歳　木組みの床に　衛兵たちのかざすたいまつの　散る火の粉あかい雪

いちど　夢にみたとおもう　二階だてのバスは　アメリカの夫婦と　私たちを乗せふたたび平野を　亡霊のすむという　オーリックの城門に　ゆっくりと　走りはじめる

「山の樹」（昭和四十五年六月）

日記

――旅にて　Ⅲ

リュクサンブール公園の近くに　モヂリアニの窮死したという宿屋がある　甃《いしだたみ》に立って眺めると　窓はあかるい　モヂリアニの身重の妻は　その窓から　身を投げた　栄光の悲惨について　傍らの若い画学生は　肩をすぼめ手を拡げてみせる　細長い首を　小雨が濡らす

夕ぐれ　リュシエット座の前の狭い横丁　上演四千回のイヨネスコ　「禿の女歌手」「授業」は始まらない　つめたい石に腰をおろして　待っている若者たち　一人が小声でうたいはじめる　二人になる　三人になる　労働者風の老人が　うたいはじめる　明るい店からとび出して　肉屋の主人も　うたいはじめる　合唱のさなか　うたは絵になる七色の花と豊潤な果物と老人の話す獣たちと　とじ込められてしまった銀髪の藤田嗣治

の　パリの夕ぐれ

モンマルトルの丘の上　サクレクールの寺院の薄くらがりに　尼僧がほほえむ　外へ出ると　まばゆい七月の太陽　坂の除中のラパン・アヂールは　別の名を人殺しのキャバレエ　壁絵のはね兎の下の扉は　ピエール・マッコルラン　ユトリロ　ピカソの足音を　恰好を　何度かおぼえているに違いない　ルピック通りのゆるい坂道は　ナポレオン三世が　馬車でゆっくり下りるため　作らせたものだという　輔石を割って　雑草が一本　風にゆれる

地下鉄の駅を出て　三人のジプシー女の後をつけてゆくと　蚤の市　埃に色を失った金縁の絹張りの　肖像画　鍍金の剝げかかった時代ものの匙　大型の鈍いろのビイズを連ねた首飾り　指の欠けた天鵞絨服の操り人形　人の脂の惨み込んだ錫の大鍋　重味のある家具の数数　一軒の店で　紙箱に這入った一個一フランの　小さなメダルを買う　このマリアの横顔は　うつくしい

二五五段の階段を登る　建てるのに約九〇年かかり　更に百年かかったという大寺院

ノートル・ダム　ま夏のパリ全市を睥睨《へいげい》して舌を出し　石の果実を銜《くわ》え　頬杖をついている怪獣たち　せむし男のカジモドの鳴らした鐘は　五千キロ　昔　鳴らすのに八人がかり　寺院を出て　近くの店で食事する　青くさい草オムレツは　拭う汗のようにあたらしい

「山の樹」（昭和四十六年三月）

いのち

落雷に　ひき裂かれた　ふるい巨木の
根もとに　萌えている　若芽の
露を　なめている虫の　眼の中の空

山山は　空を　背負い
雨あがりの　空気は　あまい

教会の　尖塔を　すべってゆく　朝の
ばら色の　もやの　底に
乞食が　ひとり　欠伸している

「山の樹」（昭和四十九年一月）

相談

ある晩　皺だらけの天使たちが大勢やってきて　戸をほとほとたたく
わたくしたちは　たいへんつかれたようにおもいます　すこしやすみたいとおもうのですが　かえるところがないのです

つきなみではございますが　あのときどき現れる　あじさいいろの雲の涯などいかがでしょう　すこし勇気がいりますが　灰色の雲の切れ目を　大急ぎで通り抜けさえできるなら　御気分もよろしくなる筈
それとも狭い庭の隅にある　柘榴の実のなかなどは　仮のおすまいを　かたいあまさがいろどるでしょう

埃だらけの部屋にある　未完の風景画を御存知ですか　けだるい丘が　道のない道につづき　きいたことのない鳥のなき声が　お耳をたのしませるかもしれません

だが　大勢の皺だらけの天使たちは　一せいに皺だらけの首や手を横にふり　壁の向うがわへ抜けてしまった

なえた翼を背にたたみ　杖をひきずり　足をすって

机の上の鏡は急にくもり　籠にもられた毛糸の玉は　色があせた　柱時計は　止まってしまった

「山の樹」（昭和四十九年十一月）

奇術

壇上の痩せた男は　会釈すると　けばけばしい外套のうしろに　かくれてしまった
ふたたび現れると　空中に投げかける　ばら一輪　ばらは　焔のかたまりになって　咲いた
指先をながれるカアドは　はためく螺旋階段となり　上着のかげから兎は　花束になって　降った

剝げた鋲にかざられた鞄のなかみは　誰もしらない
ピストルは　まもなく　鳴るのだろう
祭のどよめきは　幼い瞼のあいだに　消えてしまった

ねむりのなかの眠りの谷まに　あの古びたサーカス小舎は　いまも　あざやかにある
のだろうか

「山の樹」（昭和五十一年三月）

木炭画について

木炭画に使用するチョークは樹木のほそい枝　小割にした木材　つる草の茎など　よく乾燥させ　陶製の器に密閉して　蒸しやきにする　原料は柳が主だそうだが　葡萄　プラタナス　夾竹桃　桑など　焼き加減によって　使用上の色味に　微妙な色の差が生じる

—森田恒之氏の文（「木炭」）より

木炭画のもつふしぎな魅力について　ひとと語りあったのは　いつの日であったか
椅子にもたれた　うつくしい裸身の　背や肘のあたりに　くぐもってたうれいは
あるいは野生の　地を蔽う葡萄のつるが　もたらしたものか
とおく雷の鳴りはじめた野のはての　ホホの表情は　きのうも雨にうたれた桑のさや
　ぎによせる倦怠であったか
あらしの去ったあとの　すずかけの梢を仰ぐと　イギリスの丘があらわれ　鹿のなき

ごえすらきこえてくる
夾竹桃は　夏のひざかりに耐え　病む人の家の門に咲く　あかるさとくらさを宿して
腐りかけた杏の静物画は　甘酸っぱい芳香を放ちながら　いまも壁にかかっているの
であろうか
ミュッセは　親しい友に　死後　わが墓にひともとの柳を植えよと　ねがったが
かがやかしいいのちは　木炭画の　闇からしだいに明るみはじめ　支えられているので
あろうか
ものの土にはじまり　土にかえる予兆をおもい

「山の樹」（昭和五十四年十二月）

鏡のなか

庭園をよぶには花もなく
鳥のかげもなく
終日もの憂くくらく
煤いろの鏡のなかに揺れうごくもの
かたちもなく音もなく匂いもなく
深海の底のねむりのようなもの

童話風に語るなら
ここに変りものが棲みついて
あるとき庭に衣ずれのおとをきき

朽ちかけた扉のかげにわらいごえをきき
曲った柱の時計に刻をきき
階段をかけのぼる少年の跫音や
肩かけの房を垂らした老婆の咳をきき

たのしい化けものたちのお目ざめどきは
埃くさい台所の器のなかの
腐った茹でたまごに足が生え
かびくさい煙草一本けむりを吐き
卓上からとびおりる
軋む戸棚の隅の古手紙の束は
色あせた絹リボンのショールを巻きつけ
部屋中をおよぎめぐる
このとき空中に浮く巨大なやさしい目だま
花瓶の枯れたばらの花の群れに
いつくしみの視線となっておちてゆく

燃えつきてもなおとぶことをやめない昆虫のように

凍りついた朝のこと
にぎやかだった化けもの屋敷は
毀《こわ》れかけた鏡のなかにたたみこまれ
庭園もろとも消えてしまう
のこったものは蜘蛛一匹

「山の樹」（昭和五十四年三月）

若い時間

葡萄棚をくぐりぬけると
秋の終りであった

灯のない部屋に戻ると
記憶のなかの海鳴りが耳朶をかすめる
親しい死者たちは腕を組み合わせ
たよりない動作で歩いてくる
音のない笑いと会話
たのしげにかなしげになやましく

風もめざめる
曇り日の夕ぐれであろうとも
木木の梢は仄かな葉ゆれをかがやかせ
終日陽もささぬ書架の書籍も
ゆるやかに頁をひらき
夥しい文字たちを開放する
文字たちはいっせいに身をよじり
無秩序に犇めきぶつかりあい語りはじめる
その魅惑に満ちたしぐさで

すでに被写体をわすれて幾年
卓上の小箱の底に沈むレンズよ
あれはいつの日
伸びやかな白い手に受けた林檎の
麦藁帽子にはね散った滝のしぶきの
抱きよせられた茨に破れたシャツの背の

めくるめく思いにそむく隔りのとき

「山の樹」（昭和五十年十一月）

再会

――多少の感傷をこめてKさんに――

ときが　あなたを　つれて去り
ときが　わたしを　つれて去り
戦争　結婚　子供の誕生　病気
たくさんの人との　出会い　わかれ
その他　その他
字にしてみると　何とも　簡単
滑稽なくらい　何とも　簡単　お互いに
逆まわしの　長いフィルム　なつかしく
あなたは　しづかに　わらいながら
若くなり

三つ編みの　おさげ髪に　絹のりぼんを　かざる
ちいさな　わたしは　とほく　佇み
校庭の　桜は　ほら　いま　花ざかり
数しれぬ制服の　紺いろの　裾襞を　ひるがえし
肩をぶつけあい　肩を組んで
生徒たちは　たえまなく　わらい　さざめく
ああ　百花繚乱

ときが　あなたを　つれてかえり
ときが　わたしを　つれてかえり
歳月などとは　嘘っぱち　つぶやいて　みながら　歩きます
公孫樹《いちょう》の　葉の　散りはじめた　並木の　路を

「無限ポエトリー」（昭和五十三年十一月）

菊

はなこが　たけおの胸に　戯れにささげた勲章
古呆けた音楽教室の　窓から　すずしい唱歌は　輪になって

折れた白菊は　風にゆらぎ　雨にうたれた遊女の　かんざしを思わせる
幼い日の　ままごとあそびの手料理は　垣の小菊

鯛をやく浜辺に　ながれついた水差しよ　欠けて　罅《ひび》われて
藍染め模様の　菊の絵柄は　見知らぬ土地の　昔がたりを　凪ぎに　秘める

ひとりものの老人は　いらぬ望遠鏡を携げて　鳥のなきごえを　さがして歩いた

ゆきあうものは　毟られて　散らばって　夥しい野菊だけ

「山の樹」（昭和五十一年七月）

蝶

針に　背を　貫かれて
箱ふかく　蝶は　ねむる
薬品の　匂いが
かすかに　ただよう
標本室の　昼の　しじま

ひとは　渝《かわ》らぬ　もろさのため
蝶を　囚えるのだろうか
密林の　羊歯の　かげに

くらい　鱗粉を　きらめかせ

暗紫色の　翅を　やすめ
熱帯の　樹液を　したい
うごかない　目は
あの日に　あそぶ

あの日から　呪符めいて
とび　交っていたであろう
一匹の　うつくしい　蝶よ

「山の樹」（昭和五十二年一月）

うぐいす

朝　目ざめると
うちの近くの　鉄筋コンクリートの　工事現場から　ドリルや　ハンマーの　金属音が
ひびきはじめる
その隣りの　植木やの　茂みのどこかで　ふいに鶯が　ないた
こえはまだ稚い
甲高く　地ひびきをたてる　騒音にまじって
たよりなげだが　たかく透る　そのこえ
私は　おもわずわらいだす

こどものときに　読んだ

あれは古い中国の　おとぎばなし
弁髪を垂らし　部厚い絹の袍をまとった　長官の　ささげ持った　黄金の鳥籠のなかに
人工の鶯は　瑪瑙《めのう》の目や　金剛石の嘴をかがやかせ　すずしいこえで　ないたそうな
ある日のこと　機械じかけの鶯は　こわれて　長官の　不興をかい　捨てられてしまったそうな

この春は　寒暖の差も　はげしく
庭の椿の　蕾もかたい

「山の樹」（昭和五十五年七月）

季節はずれの通信

秋が　古道具屋をはじめます
海辺の出店で

破れた麦藁帽子は　灼けるあの言葉を捨て
打ちあげられた酒壜と　サンダルの片方が
ふたりだけの花火の夜と　砂文字に消された会話を
月並みにとりつくろって喋舌りだす
（まだまだ買手のつきそうもない　去年の
今年の　来年の嘘　おさない傷
飽きもせず繰りかえされる　さようなら）

レンズを失くした望遠鏡
紺碧にかがやく夏の海の　底に映る昼の月を
さがしあぐね
磯かげの　蟹の甲羅にひかる雫や　貝たちの
睦ごとをわすれてしまう

懐古調のたよりを運んで
風の道を歩いてくる　秋
貌をかくして　くるってしまった季節

「青衣」（平成三年四月）

喪の季節

勿体ぶって儀式めき
春を腕いっぱいに
抱きしめてはみたが
悪戯したわかもののように
わらいながら逃げてしまった

つかれた夥しい弔旗と
親しい声たちにむかって
あたたかった風の
告げていったことばはなに

きよらかな泉のほとりに
葩《はな》いろのなみだなど
もうありはしないのだと

今日の
あしたのねがいとは
こころすれちがうばかり
ことばのいらない死者たちの
ほのかなほほえみ
この世ならぬ淡い粧いの
喪の季節にこそふさわしく

「山の樹」（昭和五十五年四月）

ねがい

あなたが睫をふせると
すがたをみせはじめる島
もりあがる波の間に
青い島は
かぐわしい樹木に囲まれ
とび交う鳥鳥は
ひろげた羽を
掌のように打ち鳴らし

とおく
熱帯のスコールのなかに
きえてゆく太鼓の交信
もえる太陽はもういらない

密林のなかのしめった羊歯も
つよい蔓草のつめたさも
とおく

あなたはもの憂く
ひとみの舵を外す
しなやかなヨットのように
波のうえをすべりはじめる
まだみぬ海底の
ひそやかな珊瑚の招きに
こころ囚われ

青い島は
きえてゆく

「山の樹」（昭和五十四年九月）

MÉTAMORPHOSE

今年は春がなかった　愛するひとよ
と　うたったのは
あの古い詩集のなかの
あれは　アンドレ・ジイドだったのか……

うららかな湖上　ふたりの艇
水面の風景をくずして掬う　はなびら
そのつめたさを頰によせ
お互の眼のなかに
温もりを詠んだ　あの日

束の間の　やさしい春はどこに？
対岸の樹樹は　やがて芽ぶくのだろう
さき匂うはなも　やがては散ってゆくのだろう

とおい谺のさざめきを　のこしたまま
あのかがやいていた山中湖は　どこに？
うたごえは　夕やみのなかにうすれて

「山の樹」（昭和五十八年四月）

あとがき

九十歳を越えた母は「こんなに生きるなんて」と言いながら、「百まで生きれば、まあいいかしら」とも言っていた。そして「最後の本の題名は『百年の薔薇』かしらね」と笑っていた。

母は『薔薇』という詩集を一冊出していて、その後に書いた詩のいくつかを纏《まと》めたいと思っていたらしく、幾度か機会があったのだが、さまざまな事情から断念していたのだ。それでも「詩をお書き」という父の遺言もあって、もう一冊の詩集の事を常に考えていた。結局百歳のかなり手前で他界してしまったので、彼女の詩集出版の希いは叶わなかった。

そんな話を私の旧友、永田みどりさんに伝えたら、本当に一生懸命になって下さり、恐縮してしまった。はじめは小さな詩集をと思っていたのだが、思いがけず母の一生と重ね合わせるような形となって出版が実現した。

それは春陽堂の永安浩美さんの熱心なアドヴァイスがあったからで、お二人には感謝してもしきれない。

今さら昔の母の文章や、私の拙い書き方ではと躊躇し、迷いも生じて幾度も断念しかけたのだが、周囲の人々に支えられ何とか形にすることが出来て、今はほっとしている。

晩年の母は芥川の家の事を書いては「いつも同じことばかり」と苦笑していたが、そんな様子も目にちらついてきて、母に手助けされたような気もする。事実、母の著書を元に過去を辿りながら書き進めたので、彼女に引っ張られたり後押しされたりしながら辿りつけたのである。

冥界の母は百歳の誕生日を待っている。私の選択した詩に戸惑いながらも、美しい装丁の本にきっと微笑んでくれるだろう。

装丁をしていただいた山口桃志さんにお礼を申し上げたい。そして、母の育てた薔薇や懐かしい家の写真を撮ってくれた私の長年のつれあいにも。

芥川耿子

二〇一四年五月

芥川家　略系図

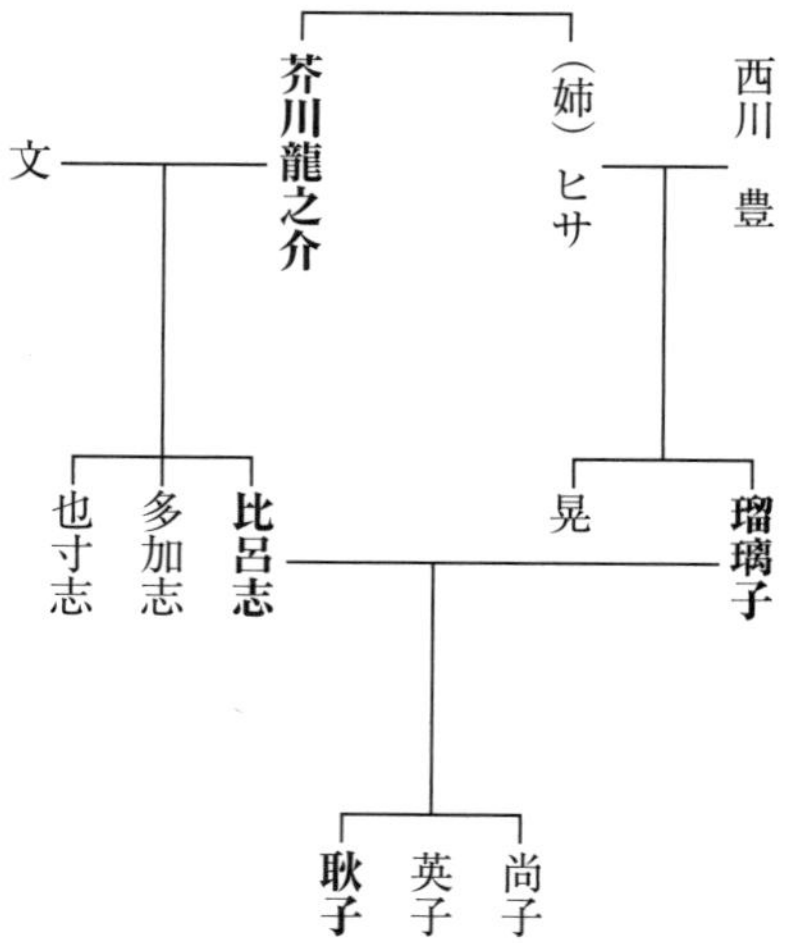

引用書籍

『双影　芥川龍之介と夫比呂志』　芥川瑠璃子著　新潮社　１９８４年
『影燈籠　芥川家の人々』　芥川瑠璃子著　人文書院　１９９１年
『青春のかたみ　芥川三兄弟』　芥川瑠璃子著　文藝春秋　１９９３年

本書に収録した作品の一部には、今日では差別的と受け取れかねない表現がありますが時代背景や作者の意図がそれを助長するものでないと考え、原文どおり表記いたしました。また、引用文は注を付け原本どおり採録いたしました。

著者紹介

芥川瑠璃子（あくたがわ・るりこ）

1916年　東京生まれ　詩人・随筆家。夫は俳優・演出家の芥川比呂志。芥川龍之介の次姉ヒサの娘で、龍之介の長男である比呂志は従弟にあたる。詩集『薔薇』を自費出版、主な著書に『双影』（新潮社刊）、『影燈籠』（人文書院刊）、『青春のかたみ』（文藝春秋刊）などがある。2007年　没。

芥川耿子（あくたがわ・てるこ）

1945年　神奈川県生まれ。エッセイスト。芥川比呂志・瑠璃子夫妻の三女として生まれる。祖父芥川龍之介の未亡人文に寵愛を受けて育つ。子育ての傍ら、童話、随筆を発表する。さらにワイドショーの司会者などテレビ番組の世界で活躍。主な著書に童話『おむれつどろぼう』（講談社刊）、エッセイ集『気むずかしやのハムレット』（主婦と生活社刊）、エッセイ集『女たちの時間』（廣済堂出版刊）などがある。

百年の薔薇　芥川の家の中で

二〇一四年六月二十五日　初版第一刷発行

著　者　芥川瑠璃子
　　　　芥川　耿子

発行者　和田佐知子

発行所　株式会社　春陽堂書店
郵便番号　一〇三―〇〇二七
東京都中央区日本橋三―四―十六
電話番号　〇三（三八一五）一六六六
URL http://www.shun-yo-do.co.jp

印刷製本　ラン印刷社

乱丁本・落丁本はお取り替えいたします。

ISBN978-4-394-90313-0 C0095